「――やらせない。絶対に」
不意に立ち上がったメレアは、
眼下のムーゼック兵達が
編んでいるのとよく似た術式を――
一人で編みあげていた。
百魔の主
Lord of the Misfits

「――<剣帝>が口だけだったと言われるのは、嫌だからな」
エルマ
<魔剣クリシューラ>を操る傭兵。その極限にまで洗練された剣技により、<剣帝>と呼ばれる
「誰か一人でもおいていくのはなしだ」
メレア
異世界に転生し、百人の英雄の能力を受け継いだ青年。迫害される魔王たちを救うため立ち上がる

「っ！　来る！　右の、窓！」
アイズ
遠視能力を持つ<天魔>の一族。魔眼発動中のみ、銀色の眼に紫色の術式が浮かぶ
「<炎鳥《クルール》>！　打ちなさい！」
リリウム
<真紅《しんく》の命炎《めいえん》>という秘術を受け継ぐ<炎帝>。炎の動物を生みだし、使役して戦う

メレアの横からアイズの小さな手が伸びてきて、
その頭を優しくつかんだ。
そのまま自分の懐に抱き寄せる。
「まだ、頭、下げてたほうが、いいから。
――ここに」

Lord of the Misfits

百魔の主

葵大和
Yamato Aoi

口絵・本文イラスト
まろ

装丁
coil

LORD OF THE MISFITS

CONTENTS

プロローグ　【白い髪の魔王】

霊山《れいざん》の頂《いただき》にいたのは魔王だった。

「お前らは、英雄なんかじゃない」

白い髪に赤い瞳。超俗的な容姿を宿すその魔王は、武骨な岩の上から眼下へと声を飛ばしていた。

「いいや、私たちこそが英雄だ。そして私たちの邪魔をするお前は、魔王だ」

その魔王の視線の先には、幾人もの男たちが並んでいた。統一された飾り気のない黒装束。腰に帯びたものものしい剣。そのうちの一人があげた声には、鼻にかかるような優越感が滲《にじ》んでいる。

「……そうだ。お前らがそう言うのなら、俺はきっと魔王だ」

魔王はその男の言葉にうなずいた。

「でも――」

そこで、ほんの少しの間が空く。魔王が一瞬、目を伏せた。

もう一度その赤い瞳が男たちへ向けられたとき、魔王の瞳の中には強い決意の光が灯《とも》っていた。

「俺はその道を歩むことを、自分で決めたんだ」

そして魔王は、胸の前で掌を打った。

「術式展開――〈雷神《セレスター・バルカ》の白雷《びやくらい》〉」

直後、バチリという炸裂《さくれつ》音がその場を貫く。続けて男たちの視界に白い光が映り込んだ。それは魔王の身体《からだ》の周りに走った、ギザギザの刃《やいば》のような光だった。

「来るぞ！」

魔王に言葉を返していた男が仲間たちに注意を喚起する。男は自分の腰に帯びた剣を横目に確認し、それからすぐ岩の上へ視線を戻した。

そのときにはすでに――魔王の姿がそこから消えていた。

「っ、迎え撃てッ！」

とっさにあげた怒号が空気に溶け込んだとき、人の身体が三つほど空に打ち上げられる。それは弾《はじ》けた木端《こっぱ》のようにくるくると宙を舞っていた。――仲間の身体だ。

「ッ！」

男は悪態をつく間もなく右手へ術式を展開させる。手のひらに炎を表す事象式が展開されたあたりで、見失った魔王の姿をようやく捉えた。

それはまるで、ひとかたまりの白い雷《いかずち》だった。魔王は白い雷電を衣のように身にまとい、ジグザグに人垣を縫っている。通り道にいる仲間の身体を次々と打ち飛ばし、どんどんと男の方へ迫ってきていた。

――速い。

魔王が大きく右に跳ねた。男はそれをなんとか目で追いながら、今しがた術式展開を終えた右手を掲げる。

「行――」

「撃たせない」

しかし、男が気づいたときには、あの魔王の顔が目の前にあった。

「っ……！」

いつ、どうやって、どんな速度で。まるで自分の時間だけが切り取られたかのような感覚に、男の身体は意図せず硬直を起こす。前に掲げた右手は魔王の左手に押さえられていた。

――まずい……っ！

術式はまだ発動できていない。男は胸中で焦りを浮かべながら、すぐに意志を閃《ひらめ》かせる。

「――」

だが、術式が発動しなかった。――なにかがおかしい。

男は違和感を覚えて、とっさに右手へと視線を移す。ようやく、異変の正体に気づいた。

「なん……で……、術式が……」

消えていた。しっかりと編み込んだはずの術式が、跡形もなく。

さらに男は、自分の右手を押さえている魔王の左手に自分が編んだものとよく似た術式が浮かんでいるのを見て、ハッとした。

「まさか……〈反転術式〉――」

「お前らがかつて魔王と呼んだ英雄の御業《みわざ》だ」

いや、それだけではない。この魔王が身体に纏《まと》っている白い雷。雷そのものに転化するかのような常軌を逸した術式兵装を、どこかで見たことがある。

――そうだ、……思い出した。

小さな頃に絵本で読んだ、英雄譚の中の英雄が、こんなものを使っていた。

〈雷神《らいじん》〉と呼ばれた英雄が使ったと言われる、あの白い雷の術式。それによく似ているのだ。

――まさか……

そのことに気づいたとき、男は嫌な予想を浮かべてしまった。

——この魔王は……

旧時代の英雄たちの術式を、ほかにも扱えるのではないか。

「——本当にこの山には〈英霊《えいれい》〉がいたのか」

「それをお前が知る必要は、もうない」

男の意識は、直後に途切れた。

第一幕　【とても綺麗《きれい》な異界の花を】

青年の身体《からだ》は死にかけていた。

ただ朽ちるように、生気だけを抜かれていくような、そんな奇病に侵されて十余年。

「せめて成人はしたかったなあ……」

青年はその日、自分の死期を悟っていた。


もともと身体は丈夫な方ではなかった。

そんな身体が病にかかったものだから、弱っていく速度もひとしおだ。

それでも青年は、人並みの生を得るために人並みならぬ気力を振り絞った。やれることはすべてやる。足掻《あが》きに足掻く。身体の奥底には手負いの獣のごとく暴れまわる生への執着があった。

あるいはそれが、身体とは別の、魂の生気だったのかもしれない。

「まあ、本当に魂なんてものがあるのかは知らないんだけどさ」

見慣れた病室からの景色を眺めながら、青年は言う。

青年は昨日の夜、身体の奥の方で何かが切れた音を聞いた。ぷつり、と。いっぱいに張っていたゴムが切れたときのような、軽い音だった。

「お前も俺なんかの入れ物になって、大変だったろう」

その音を聞いてから、不思議なほど気持ちが穏やかになる。どうやらあの獣のような生への執着も、その音を境にどこかへ行ってしまったらしい。

「十分だ。お前は十分、がんばってくれたよ」

青年はぼろぼろになった身体を優しくなでる。今となっては自分の身体にさほど恨みもなかった。

「やるだけはやったんだ。――仕方ないさ」

それから青年はあっけらかんとした笑みをこぼして、ベッドに寝転んだ。

――身体が軽い。変な軽さだ。

これからもっと、軽くなっていくのだろう。旅路への準備をするかのように、身体から無駄なものが取り除かれていく。もう新しい思いを抱くことはない。

病院からの最後の手向《たむ》けとばかりに許された外出で、不思議な紫色の植物に出会うまでは、青年はそう思っていた。

◆◆◆

午後。病院の敷地内。芝生の敷き詰められた庭の一角を、青年は杖《つえ》をつきながら歩いていた。

心境の変化のせいか、見飽きたと思っていた庭の風景もやたらと青々として見えて、からっぽになった身体に染み入るようだ。

青年はしばらくの間そうやってぼんやりと景色を眺めて、付き添いの看護師にとっても十分な休憩時間になっただろうと確信を抱いたあたりで、ようやく部屋へ戻る決心をした。

良い思い出になった、とこともなげに内心でつぶやきながら、踵《きびす》を返す。

「ん――」

ふと、そのとき、妙に優しげな風が青年の頬を打った。

優しげでいて、なんだか不思議と、身体の奥に響いてくる風だった。

思わず、風がやってきた方向に視線が流れる。

――……なにもない。

一見して特別なものは見当たらなかった。庭に植えられたひときわ巨大な樹が、やわらかな風に葉っぱを揺らしているだけだ。

気のせいか、と青年は首をかしげようとして――しかし、次の瞬間、その前言を撤回した。

その樹の足元に、見慣れない植物が生えていることに気づいた。

それは淡い紫色をしていて、芽はくるくると曲がりくねっている。よく見るとその芽からは綺麗な紫色の光が放たれていた。少なくとも青年には、そう見えた。

――なんの植物だろうか。

知らない植物なんていたるところにある。普段はわざわざそれを調べようなんて思わない。だが、このときばかりはその植物がどうしても気になって、青年は離れた場所で一息をついていた看護師にお願いしてそれを病室へ持って帰ることにした。

――この世における、最後のわがままだ。

青年は心の中でつぶやいて、若い看護師に植物の位置を知らせる。しかし看護師の方は「どこですか？」と終始首をかしげるばかりで、まともに会話が進まなかった。

なんの冗談かと問い詰めたくもなったが、結局面倒になって、なんとかそれを自分ですくい上げることにする。看護師には適当な瓶をもってきてもらって、そこに土を入れてもらった。

それから青年はやっとの思いですくい上げた不思議な植物を瓶の中へと移し替え、病室へと持って帰った。

◆◆◆

そんなことがあってから、五日ほどが経《た》った。

死神《しにがみ》が、青年の病室の中に立っていた。

『もういいかい』

長身痩躯《そうく》。中性的な美貌。声音は男だった。

その死神は綺麗な顔に柔らかな笑みをたたえて、灰色の髪をわずかに揺らしながら、青年に訊《たず》ねていた。

「……ああ、もういいよ」

死神というのは待てと言って待ってくれるような存在ではないだろう。青年は嘆息を交えながら小さく笑って返す。

でも、実を言えば少し、未練があった。あの最後の外出のせいで、新しく生まれてしまった未練だ。

――せめて、この植物が花を咲かすのを見たかったなあ……。

あの淡い紫色の植物は、今にも花を咲かさんとばかりに蕾《つぼみ》をつけていた。

せっかく拾って、自分の最期の時まで育ててきた植物だから、花を見たい。青年の中にはそんな新しい思いが芽生えていた。

『大丈夫、その花は今に咲くよ。ほんの少し、あと何十秒か』

不意に、そんな青年の心を見抜いたかのように、死神が言った。死神はいつの間にかベッドの隣にまで歩んできていて、その手を植物の方へと伸ばしている。

『花が咲いたら、君の旅立ちの時だ』

死神は慈《いつく》しむように蕾に触れたあと、また青年の方を向いて言った。

「そっか。花が見れるのなら、それでいいよ」

その言葉を聞いて、青年はうなずきを返す。死神はまた優しげに笑った。

『じゃあ、僕と一緒に花が咲くのを待とう』

それからほんの少しの間、ただ沈黙だけが過ぎ去った。時計の針が、静かに時を刻む。針がかちりと音を刻むたび、青年は身体が軽くなっていくのを感じた。ともすれば、浮いてしまいそうだ。

それでも青年はじっと身体を押さえつけて、その時を待った。

そしてついに、

「――」

時はやってきた。

蕾がゆらりと、身を揺蕩《たゆた》わせる。花を咲かせようか、咲かすまいか、悩むように、揺蕩わせる。

――いけ。

そのとき青年は、思わず蕾の身じろぎに夢中になっていた。

――がんばれ。

青年は最期の願いを、その花に懸けていた。

――お前の花を、俺に見せてくれ。

そんな願いに応えるように、また大きく、蕾が揺れた。蕾の先が小さく割れて、その隙間からいくつもの光の粒があふれ出す。ひとつひとつが楽しげに宙を舞って、幻想的な光景を作り出した。

そして、

——嗚呼《ああ》……

花が、咲いた。

とても綺麗な、淡い光を放つ——

本当に、綺麗な——花だった。

◆◆◆

死神が青年のもとへやってくるほんの少し前。青年がいる世界とはまた別の世界で、多くの声が集まる場所があった。

〈リンドホルム霊山《れいざん》〉。

その世界には、生命あるすべての生き物が死後向かうとされる霊山があった。生き物の霊はこの場所から未練の大小によって行先を変え、一部は天に昇り、一部は未練を解消するべく山の一角でなにかを待つという。

そんな山の頂《いただき》に、未練ありし霊の中でも特に力の強い者たちが集まる不思議な場所があった。

「異界草《いかいそう》が繋《つな》がったよ」

「マジか。案外うまくいくもんだな」

「実際にちゃんと魂が渡ってこないことにはうまくいったって言えないんじゃない？」

「そりゃあそうだが、そもそもここに植えた異界草と別の世界の異界草が繋がったこと自体、奇跡みたいなもんじゃねえか」

でこぼことした石ころだらけの山頂。吹きすさぶ寒風《かんぷう》と、あたりに散らばる雪化粧の残骸。そんな白と灰色の空間に、いくつものおぼろげな人影があった。

「てか、霊体って言っても百人も集まるとむせえな。おら、もう少し離れろよ」

「そう言うな。みな気にしているのだ。我らの子が生まれてくるのを」

彼らはいわゆる、霊だった。死後、リンドホルム霊山へやってきて、しかし空へは昇らなかった、未練ありし霊たちである。

「はあ……それにしても、どうにかこうにか俺たちの魂の残滓《ざんし》からこうして実体ある身体を造れたが、肝心の中身がねえんじゃな。これじゃあいっそ死人よりひどい。まるで人形だ」

そしてそんな霊たちが集まる中心部に、ぽつりと一つだけ、実体のある身体があった。それは仰《あお》向《む》けに横たわって、真っ白な髪を風に揺らしている。

「だから呼ぶのだ。まだ生気に満ちた健全な魂を。伝承どおりならその選定を異界草がこなしてくれる」

「その伝承ってのもどこまでが本当かわからねえけど……。まあいずれにせよ、この世界じゃ健全な魂なんて呼べねえからな。未練を解消した魂は〈魂の天海《てんかい》〉に呑《の》まれちまうし」

野太い声に乗った言葉が、いくつかのうなり声を誘発した。場の空気が少し重くなる。

「バカめっ！　いまさら弱気になってどうする！　それでも貴様〈戦神《せんしん》〉かっ！」

すると、今度はそこに凛《りん》とした女の声が響いた。言葉は少し乱暴だが、快活で、なにより霊のものとは思えないほど力強い声だ。

「わたしはすでに成功を確信しているぞっ！」

「おめえは俺以上になにも考えてねえだけだろ……」

「か、考えてどうにかなるなら考えてるもん！」

「ハハ、レイラスの言い分はちょっと乱暴な気もするけど、実際もう僕たちにできることはほとんどない。あとは祈るだけ、というのも事実さ」

と、最初の落ち着いた声が、笑い声をまじえながら再び口を挟んだ。

「でも、とにかく、ここまで来たらあと一歩なんだ」

続けてそう言いながら、ついにその声の主が霊たちの中から一歩前に歩み出てくる。長身痩躯、中性的な美貌、そして灰色の髪が特徴的な、男の霊だった。

彼はほかの霊たちの視線を集めながら振り返り、また言葉を放った。

「さて、そろそろ異界草の花が咲く。誰が花を咲かせたのか、僕が魔力をたどって見に行こう」

「気をつけていくんだぞ！　お前の意識が世界の狭間《はざま》に囚《とら》われでもしたら全部失敗だからな！」

またあの快活な声が言う。

「はは、任せて。ここまで来たらしくじらないさ」

男の霊は薄い相貌に微笑をたたえて、うなずいた。直後、その身体が風に紛《まぎ》れるようにすうっと消えていく。

ほかの霊たちはそのさまを神妙な面持ちで見ているばかりだったが、しばらくして、誰かの願うような声がその場にあがった。

「――今こそ来たれ、英霊《えいれい》の子よ」

その声は空に溶けて、ずっと遠くまで飛んでいった。

◆◆◆

『今から君を僕の世界へ導く』

死神に誘《いざな》われ、青年の意識が空を飛ぶ。それが魂の飛翔《ひしょう》であることを知ったのは、眼下に自分の器を見たからだった。

――世界。

死神が言うのだから、霊界とかだろうか。青年は自分だった身体が顔にやすらかな微笑を浮かべているのを視界の奥に捉えながら、その言葉に意識を傾ける。

『僕たちが送った異界草は君の生の終わりに花を咲かせた。きっと、君の魂が異界へ渡ることを認めてくれたんだろう』

また、聞き慣れない言葉。青年は異界草という単語に首をかしげてみるが、死神は優しげな笑みを向けてくるばかりでくわしいことを語らない。

『実際に来ればわかるよ。向こうへ行ったらちゃんと説明するから、今は僕の手を離さないように』

『――うん、わかった』

そう言われ、青年は大人しく死神の手を握っていることにした。

次第に意識が薄れ、白い空間に自分が溶け込んでいくような感覚を覚える。

それからはどこを飛び、どこへ向かい、どこへたどり着いたのかも、あまりよく覚えていない。

ただ、自分の手を握る死神の手だけは不思議な温《ぬく》もりをたたえていて、薄れた意識の中にもしっかりとした感触を残していた。

第二幕　【英霊《えいれい》と魔王】

「――」

「――ア」

「――レア」

少しずつ鮮明になっていく音の羅列《られつ》を耳に、ついに青年の意識は覚醒した。

「起きたかい、〈メレア〉」

最初、青年は自分の視界が開けたことに、すぐには確信が持てなかった。

耳を穿《うが》つ音も、身体に伝わる感触も、あるにはある。だが、それらもすべて他人事《ひとごと》のように感じられて、自分が在《あ》ることにまだ確信が持てなかった。

――さっきまで、死神に手を……

もうその感触はない。冷たい空気が皮膚をなでているだけだ。いや、これは本当に空気なのか。

「メレア、気をたしかに」

その頃になって、青年はようやく視界の端に動くものがあることに気づいた。

心配そうな表情を浮かべた、あの死神の顔だった。

「あ……」

白い空間を飛んでいたときと比べて、その顔の輪郭はいくぶんはっきりとしている。まだ希薄さは残るものの、嬉《うれ》しそうな表情をしているとわかるくらいには形があった。

「おはよう、メレア」

「メレ……ア？」

死神《しにがみ》は綺麗《きれい》な赤い瞳でこちらを見ながら、聞き慣れない言葉を口にした。

「そう、それが君の名前だ。君が世界を渡ってくるずっと前から、そういう名前にしようと僕たちで決めていた」

死神が、「見てごらん」と手を振って視線を誘導してくる。それにしたがって周囲を見渡したとき、青年はそこに大勢の霊の姿を見た。とっさにそう思ってしまうほど、彼らは不思議な存在感の希薄さを呈していた。

——実体が……薄い。透けている。

ここが霊界かもしれないという意識がまだあって、いったん思い浮かべた予想がどんどんと確信に変わっていく。

しかし、そうしてさまざまな情報が頭の中を駆け巡るにつれ、今度はそれらを制御しておくことが困難になった。思考がうまく、定まらない。

「大丈夫、落ち着いて。君は生きている。君は世界を渡った。向こう側の世界で生をまっとうした君の魂を、こちらの世界に呼んだんだ。言うなれば君は——世界を越えて転生した」

転生。そのとき青年は、自分に訪れた二度目の生をぼんやりと認識する。しかしそれは、実感の伴わない言葉面だけの認識だった。

〈メレア〉という名前が、いまさらながらに身体の奥底へと下りてくるが、それは居場所のない異物のように、所在なく身体の中をさまよっていた。

◆◆◆

青年――メレアは、しばらくの間その場でぼうっと意識を漂わせていた。

そのあとでようやく、自分の身体《からだ》に視線を向ける。

二度目の生と言うわりに、ずいぶんと身体が大きい気がした。

「……」

手を掲げてみると、少年ほどの大きさの手が視界に映る。

「この身体は……」

言いながら、立ちあがる。視線が高くなった。周りにいる霊たちよりは低いが、やはりどことなく位置が高い。

「その身体は英霊の因子が集まって形作られたものさ。赤子の身体ではリンドホルム霊山《れいざん》の過酷な環境に耐えられないから、できるかぎり丈夫に造った。――とは言っても、四、五歳程度の大きさが限界でね。幼くか弱いということに変わりはないから、あまり無理はしない方がいい」

急にいくつもの聞き慣れない単語が飛んでくる。英霊、リンドホルム霊山、丈夫に造った。気になる部分がたくさんあるが、メレアにはなによりも先に聞いておきたいことがあった。

「……あなたは、死神ではないのか」

「僕？」

メレアは自分をここまで連れてきたであろう死神の顔を再度見つめた。改めて見ると、やはり彼は幽霊のようだった。

中性的な美貌と、物腰柔らかな雰囲気。そういうものがたしかに見て取れるが、どこまでいっても輪郭に希薄さが残る。

そう内心に思っていると、その間《かん》思案げな表情で顎に手をおいていた死神が、ついに口を開いた。

「僕は——だいたい今から二百年ほど前にこの世界に生きていた者。〈フランダー・クロウ〉と呼ばれていた。今では、そうだな……、古びた英雄譚《えいゆうたん》の中の一人物というところさ」

「二百年前？　英雄譚？」

メレアは死神——フランダーの言葉をすぐには理解できなかった。思わず首をかしげる。

するとフランダーは、そんなメレアの様子を見て、苦笑と一緒に肩をすくめてみせた。

「実を言えば、僕はとっくに死んでいるのさ。今の僕は、このリンドホルム霊山で未練がましく魂だけを漂わせている曖昧な存在」

「ここは霊界かなにかなの？」

「違うよ。ここは君がいた世界とは別の世界。君の魂からすれば異世界ということで間違いないだろう」

「——異世界」

メレアは自分の両手をまじまじと見つめながらつぶやいた。こんなふうに自分の身体が変わっていなければ、そんな荒唐無稽な話は信じられなかったに違いない。

メレアはフランダーの話を聞いて、徐々に自分が異世界に転生したということを理解しはじめるが、それ以上に疑問が次々と浮かんできて、結局のところ頭はすっきりとしなかった。

「なんで？」

ふと、そのあたりで、疑問調の言葉が口をついて出てくる。

「なんで――俺なの？」

最終的にメレアの疑問は、その言葉に集約されていた。


少しの間があって、フランダーが優しげな笑みを浮かべたあと、メレアの問いに答えた。

「君が異界草《いかいそう》を見つけて育てたからさ。異界草は世界を渡る者を選定すると言われていてね。僕たちにとってもおとぎ話でしかなかったんだけど、実際にこうして君に起きたことを見れば間違いなかったとも言える。――簡単に言えば、あの紫色の植物が、世界を渡る者として君を選んだんだ」

「あの植物が……」

記憶の中には、紫色の輝きを発するあの花の姿がまだ残っていた。

「そう、すべては異界草が為した。僕は君が迷わないように、案内をしただけだ」

「俺は……生きているの？」

不意に、またそんな不安がやってきて、とっさに訊《たず》ねる。

「生きているとも。未練ゆえに、欠けた魂だけで霊山をさまよっている僕たちとは違って、君の身体と魂は活力にあふれている」

「俺は、死んだはずだ」

それも確かだった。かすかに脳裏に残る光景がそのことを証明する。

「向こうの世界では。向こうの世界の君の器は、命の力を使い切った。だけど、君の魂が死んだわけじゃない」

「そういう……ものなのか」

そのあたりで、メレアはまた周囲を見回した。

フランダーのほかにも、大勢の霊がいた。みな同じく実体は薄いが、おのおの異なった容姿をしている。男、女、大きな体躯《たいく》、小さな体躯。薄く色づいた髪の色や目の色も、それぞれ違っていた。

そうして観察していると、一人の霊が我慢できないとばかりに前に出てきて、声をあげる。

フランダーの静かでよく通る声とは違って、その霊の声は荒々しい力強さをたたえていた。

「おい、ぐちゃぐちゃ細けえことはいいんだよ！　話を聞くかぎり、お前は一度向こう側で器の死を経験したんだろ？　じゃあまずは生きてるってことに喜べよ！　身体があるってのは最高なんだぜ？　なんたって女を抱けるからな！」

「ちょっと、脳筋は黙ってて。メレアがかわいそうよ。まだ起きたばかりで状況が理解できていないんだから」

大声《たいせい》を放った身体の大きな男の霊が、すかさず横からやってきた背の高い女の霊に諭された。

「いい？　もう少し自分の中で気持ちの整理をさせてあげるの。私たちは死んでそのままこうなったけど、メレアは死んで魂になったあとまた肉体に入ったのよ。私たちよりずっと複雑なわけ。だからちゃんと心の整理をつけさせてあげないとダメ」

「お、おう……。わかったよ。だからそんなおっかねえ顔すんなよ……」

女の霊の指を突きつけながらの言葉に、男の霊がたじたじとして一歩下がる。

「とりあえず、あんたが口を挟むと話がこじれるからこっち来てなさい」

女の霊は続けてそう言って、大柄の男の霊を半ば無理やりに遠くへ引っ張っていった。彼女はそうやって男の霊を連れ去りながら、一度だけメレアの方を振り向いて、笑みと一緒に手を振った。

「ひとまず座ろう、メレア。もっとくわしく説明するよ」

その光景にメレアがあっけにとられていると、またフランダーが言う。

そうしていったん、会話が仕切りなおされた。

メレアはフランダーに言われるがまま、両手をごつごつとした岩肌について、その場に座り込む。

——と、その動作の途中に視界の端を青色が過《よぎ》ったことに気づいて、メレアは身体を仰向《あおむ》けに倒した。

——空だ。

メレアの見上げた先には、青い空が広がっていた。雲が近い光景は少し真新しいが、空の色自体はあの病室の窓から見た色とさほど変わらない。

——……いや。

しかし、なにげなくその空に手を伸ばしたとき、肩から腕へ、伸ばした指先へ、なんの苦労もなく望んだ力が伝わったことを感じて——一転、見る景色が変わった。

——動く。

色が、鮮やかさを持った気がした。

——……お前は俺を、もう一度生かしてくれるのか。

メレアはそうして動く身体に改めて意識を向けたとき、初めて今の身体と真正面から向き合った気がした。言葉を投げかけながら腕をなでると、その向こうから優しげな温もりが返ってくる。

——……そうか。

その温もりはハッキリとした言葉ではなかったし、もしかしたら自分の勘違いだったのかもしれないけれど、それでも、メレアにはとてつもなくありがたいものに思えた。

——ありがとう。

メレアはもう一度心の中で言葉を投げかけて、また空を見上げた。

――俺はまた……生きられるんだな。

気になることはいろいろあるけれど、なによりも今は、そのことが嬉しい。

メレアはそのとき、音を聴いた。

かちり、と。

メレアという名前が、身体の奥底に空いていた溝に、ぴったりとはまったような音だった。

◆◆◆

それからメレアは、フランダーたちに少しずつ話を聞きながらも、なによりもまずこのリンドホルム霊山の環境に慣れるため、慌ただしく新たな生活をはじめた。

リンドホルム霊山の山頂は、フランダーが言ったとおり、環境的には厳しい場所であった。

気候、気温もさることながら、空気に妙な重苦しさを感じるときもあって、いかにもおどろおどろしい霊山というふうである。

また、自然の過酷さを感じるにいたった要因は、ほかにもあった。

ときおり、メレアの知らない生物が頭上を行くのだ。

その生物というのがまた、怪物《かいぶつ》だとか、怪獣《かいじゅう》だとか、思わずそんな形容をしてしまいそうな形をしていることが多くて、メレアの心をかりかりと引っかいていった。

そんなある日。メレアは頭上を行く怪物たちの中に、なんとなく見覚えのある姿を見かけていた。

――俺、あれに似たフォルム見たことあるなあ……。

メレアが見つけたその怪物には、翼があった。

少しトカゲに似た胴体をしているが、だいぶスケールが違う。よく見れば頭に角のようなものも生えていた。

——あれで火を吹けば間違いない。

いわゆる——竜《りゅう》である。

かつては物語の中でしか見なかった竜の姿に、メレアは多少の恐怖を覚えながらも、一方で強い好奇心も抱いた。前世でそういう物語に親しんできたメレアには、竜に対する一種の憧れがあったのだ。

そうやってメレアが竜の方へ視線を向けていると、対する向こう側、竜の方も、霊山の山頂にいる実体ある少年の姿に気づいたようだった。その大きな目がぎょろりとメレアの方を向いて、縦に割れた瞳孔がピントを合わせるように微動する。

さらにその鼻先が山頂へと向けられて、今度はその巨体が風を切りながら急降下してきた。

——あ、こっち来ちゃった……。

思わぬ事態に身体がこわばる。しかしその数瞬後には、すでに竜が目の前に迫ってきていた。

うなる大翼。飛ぶ巨体。羽ばたきの余波で顔に暴風が吹きかかり、耳には大気が弾《はじ》ける轟音《ごうおん》が鳴り響く。そのあまりの風圧にメレアの小さな身体は後方へと押し出され、ついには尻もちをついて二度転がった。

それからどうにか身を低くして風圧に耐え、視界を確保すると——

「うおお……、本当に竜だ。間違いなく竜だ」

目の前に、白い鱗《うろこ》を持った竜が身を立たせていた。

「正確には〈天竜《テイシーア》〉だ。〈地竜《レイルノート》〉もいるから違いを覚えておけ」

「あっ、は、はい」

不意に返ってきた流暢《りゅうちょう》な人語に、メレアは思わず身体をビクつかせた。

「それにしてもお前はなんだ。まさか本当に異界草による魂の転移が成功したのか？　――フランダー！　おい、フランダーはどこだ」

メレアが竜の人語に驚いているのもつかの間、竜はあたりに散らばっていた霊たちに視線を巡らせ、フランダーを捜しはじめた。どうやらこの竜はフランダーと馴染《なじ》みがあるらしい。

竜が声をあげると、近場にいた霊たちが気だるげな様子でフランダーを捜しにいった。

「はあ……。霊とはいえ、これだけの数がいると一人を捜し当てるのに骨が折れるな」

霊たちの様子を見ながら、竜がため息をつく。それから再び縦長の瞳孔をメレアに向けた。

「ん？　おい、お前はいつもそんなものを食っているのか？」

と、メレアに視線を向けた竜が、ふいに大きく目を見開く。メレアはやや遅れて竜の鋭い爪のついた指が自分の手元を指していることに気づいて、自分も視線を移した。

「あ、う、うん。硬いけど、食べられないことはないから……」

メレアの手元には、ひどく硬そうな氷漬けの骨付き肉が握られていた。

「ひどいものだな……」

山頂における生活の場は、あらかじめ霊たちがある程度整えてくれていた。彼らは霊山の不思議な力でときおり実体化することがあり、そのちょっとした時間を使ってさまざまなものを調達する。

しかし一方で、いかに実体化しても彼らは霊山内からは出られなかった。そのためか、住居として用意されていた山頂近場の洞穴の中には、ずさんな保存食のような氷漬けの食料がやたらと多い。

「はあ……。フランダー！　貴様らは霊体だから忘れがちなのかもしれんが、これではさすがに不《ふ》憫《びん》だぞ！　霊山の外に出られなくて不便なのもわかるが、もう少しどうにかならんのか！」

メレアの返答を聞いた竜は、再度大きなため息をついたあと、抗議の声をあげた。そのさまを見てメレアは少し笑ってしまう。

――迫力のある見た目のわりにずいぶんと面倒見が良さそうだ。

そんな竜の抗議が響いてしばらくすると、ついに霊の中から美貌の男――〈フランダー・クロウ〉が現れた。

「聞こえてるよ、クルティスタ」

フランダーは顔に困ったような笑みを浮かべ、ゆっくりとこちらに歩いてきていた。

「えーっと、なにから答えようか」

「まずはこの実体ある少年の正体からだ」

竜はフランダーの姿を見つけると、目を細めながら言う。

「そうだね。――この子は僕たちの息子さ」

ついに竜の目の前にまでやってきたフランダーが、嬉《うれ》しげに笑いながら言った。

「息子？　ということはやはり例の英霊の子か」

「そういうことになるね」

フランダーがうなずくと、竜が重々しいうなり声をあげる。

「ううむ。本当に異界草による魂の召喚が成功するとはな……。力のある英霊ばかりがこうしてこの場所に集まったのが幸いしたか」

「はは、どうだろう。霊山の不思議な力のおかげ、って言った方がよさそうだけど」

フランダーは竜の言葉に眉尻を下げた笑みを浮かべ、それからすぐに話題を変えた。

「それにしても、やっぱりこの食生活はまずいかなぁ……。なんとかしようとは思っているんだけど、霊山の環境のせいもあってなかなかまともな食材がとれないんだよね。いつも生き物に触れられるわけでもないし……」

フランダーがそうやって悩ましげにうめく。

「――あっ、そうだ！」

と、不意にフランダーが今度は閃《ひらめ》いたように声をあげた。

「そこまで言うなら、クルティスタも手伝ってくれない？」

その言葉に、竜がわかりやすく眉間に皺《しわ》を寄せて顔をあげる。その竜顔からはさきほどまでの思案げな表情が失せて、代わりにどことない困り顔が浮かんできていた。

「久々に来てみたらさっそく頼みごとか」

「僕たちの仲じゃないかー」

「〈術神《じゅつしん》〉とまで謳《うた》われた男が情けない声を出すな」

「僕の号と子育てはまるで関係ないよぉ」

「はあ……」

仲の良い友人にねだるように言うフランダーに、竜の方はまたわざとらしくため息を返した。

「……まあいい。このままではあまりに不憫だ。少しくらいは手伝ってやる」

結局竜はフランダーの願いを受け入れる。それから再びメレアに視線を戻し、口を開いた。

「しかし、またなんとも奇異な姿をしている」

メレアの方は、ちょうど竜の足元に屈み込んで、その爪と鱗を観察しているところだった。興味深げに、そして夢中になるように竜を観察していたメレアだが、少し遅れて竜の大きな眼《め》が再び自分に向いたことに気づき、手を後ろにやりながら一歩離れる。「まだ触ってないよ」とでも言わんばかりのすまし顔だった。

「雪のように白い髪、瞳の色は鮮血のそれ。いっそこちらの方がお前らよりも幽鬼のようだぞ」

竜はそんなメレアの容姿を眺めながら、あきれたように感想を述べる。

「白い髪は〈レイラス〉の因子。赤い瞳は僕の因子。そうやっていろいろな英霊の因子が合わさっているから、ちょっと不思議かもね。でもレイラスの髪なんか、とっても綺麗《きれい》だろう？」

「まあ、それはな。絶世の美女と謳われた白麗の英雄の髪ならば、間違いなく美しいだろう」

竜はうなずいて、ふと辺りを見回した。

「――して、そのレイラスは？　あのお転婆が珍しく静かだな」

「行ったよ」

「……なに？」

そこで竜の声が上ずった。思わず、という感じだった。

「レイラスはこのメレアの誕生を見届けて、すぐに行ってしまった。彼女にとっての未練は、誰かに裏切られて殺されたことではなくて、子を産めずに死んでしまったことだったらしい」

そんな竜に、フランダーはまた困ったような笑みを浮かべて言う。

「そう……か」

竜はその言葉に衝撃を受けているようだった。

「……いや、空に昇れたのなら、お前たち英霊にとっては僥倖《ぎょうこう》なのだろうな」

「そうだね。未練が無くなったのなら、きっと幸せなことさ」

このときメレアは、フランダーと竜が話しているのを聞きながら、霊の存在について考えを巡らせていた。これまでのフランダーたちの言葉と、今目の前にいる竜の言葉——特に〈英霊〉という単語——を受けて、多少見えてきたものがある。

彼らはきっと——英雄だった。たぶん、生前にそう呼ばれていたのだろう。

実際、フランダーは自分のことを『古びた英雄譚《えいゆうたん》の中の一人物』と少し卑下するように言い表してもいた。こうして竜の話しぶりを聞くと、そう卑下したものでもないように思えてくるが、どうにもそこには込み入った事情がありそうだ。

「霊というのも存外油断ならぬものだな。強い喜びがその存在を消してしまうとは」

「消えてしかるべきなんだよ、クルティスタ。僕たちは本来ここにいちゃいけないんだ」

フランダーが真面目な顔で言った。

「——そうだな」

その言葉を受けて、ようやく竜は割り切ったように顔をあげた。

「ともあれ、そうなると残りは九十九人か。はたしてお前たちの魂はすべてあの天海《てんかい》に昇れるのだろうか」

竜が首をもたげて、辺りに散らばるほかの霊たちを見回す。その大きな身体《からだ》に対して山頂の足場が狭苦しいのか、そのあたりから全身を身じろぎさせはじめていた。

「それは追々《おいおい》、メレアに頼むさ」

「ふむ。未練ありし英霊たちの救世主となるかな」

「わからない。ただ、せっかくなら——立派な英雄になってくれればとは思うね」

「立派な英雄、か」

竜はその言葉に釈然としないようだった。その頃にはメレアの目にも竜の表情というのがより細かくわかるようになってきて、その竜――曰《いわ》く〈クルティスタ〉――の顔に暗鬱とした表情が混じったのをなんとなく察することができた。

「それがお前たちに共通する未練なのだな。世のために身を犠牲にしながら、最後には英雄のまま終われなかった不遇な生――」

意味深な言葉がメレアの耳をつく。

「だが、忘れるな、フランダー。――世は動く。世は変わるのだ。そうしていつの間にか、お前たちの望んだ未来が得られなくなっていることもあるかもしれん」

「世界を観察する天竜《ティシーア》に言われると、なんだか説得力があるね」

フランダーは困ったふうに頭の後ろを掻《か》いた。

「ああ。……まあしかし、そのメレアとやらがどう育つのかは私も気になる。またそのうち、雲が低くなったときにでも様子を見にこよう」

クルティスタはそのあたりで会話を切って、再び双翼を広げはじめた。身体よりも大きな翼が、上空を覆う。

「――いや」

と、クルティスタはそこで思い出したようにメレアの手元へ視線を落とし、言葉を付け加えた。

「その前にまともな食料を取ってきてやらねばな」

「はは、様子を見に来るついでに悪いけど、よろしく頼むよ」

ため息まじりのクルティスタにフランダーが申し訳なさそうに声をかける。

それから少し声のトーンを落として、続けた。

「これも僕たちのせいだけど、メレアには当分生身の友人が出来そうにないからね。君が来てくれるなら、多少はそのあたりもマシになる」

「霊山を訪れてくる奇特な生者はそういないだろうからな」

「でも、下界に下りたらすぐにできるとも思うんだ」

「なんだ、もう親バカっぷりを発揮しはじめたのか？」

飛び立つ寸前、クルティスタが小さく笑った。

「うん、そうかもしれない。でも本当に、見ていて飽きないからね。子どもみたいに好奇心旺盛だし、僕たちの知らない向こう側の話も知っている」

「見たまんま子どもだろう。……ああいや、その向こう側とやらから来たのだったな。――そうか、そうなるとたしかに、向こう側の話は気になるな」

「そういうことだから、頼むよ。知識欲の強い天竜からすれば、いい話し相手になるはずさ」

「クハハ、この時点で親がしゃしゃり出てくるとなると先が思いやられるな」

クルティスタは最後に大きく笑って、ついに翼を羽ばたかせた。巨躯《きょく》が空に昇る。

「――メレアといったか」

するとその巨躯からメレアに向けた言葉が降ってきて、メレアは空を見上げた。

「また来る。そのときまでに私の知らなそうな話を用意しておけ」

それは楽しげでありつつ、一方で有無を言わさぬ迫力をたたえた声でもあった。

「うん、わかった」

メレアはその声に素直なうなずきと言葉を返す。不思議と友人のように、軽い調子で答えることができて、メレア自身少し驚いていた。

「よし。ではな」

クルティスタは満足げにうなったあと、ついに空高くへと飛び去った。

メレアは小さくなっていくクルティスタの巨躯を見ながら、あらためて考える。

――霊って時点で不思議だったけど、この世界はずいぶんと幻想的なようだ。

かつての世界では竜は人々の幻想の中にしか存在しなかった。あれは物語の中の存在だった。

しかし、それがこちらの世界には実在する。――もはや幻想ではなくなった。

そのことをあらためて確認したメレアは、心が高鳴るのと同時に少し不安にもなった。

自分は自分が思っている以上に物怖じしない性格なのかもしれないと、さきほどのクルティスタへの対応で自覚したばかりだが、だからといって危険が襲ってこないというわけではない。

――もしああいう存在が自分と反目したとき、自分はこの世界を生きていけるのだろうか。

メレアはこの日からそんなことを考えるようになった。

◆◆◆

クルティスタが訪れてからさらに一週間が経《た》った。

メレアはその日、リンドホルム霊山の山頂を忙《せわ》しなく駆けまわっていた。

というのも、

「おら！　必死で避《よ》けろ！　生活にも慣れてきたから特訓だ！」

「なんのためのだよ……！」

ぼうぼうと燃え盛る火の玉に追いかけられていたからである。

「あ⁉　強くなるための特訓に決まってんだろ！」

その火の玉はまたも幻想のごとく、よくわからない原理でふわふわと宙を飛んでいたが、かといって幻覚というわけでもないらしかった。

「うおっ！　あっつ！」

熱も本物の火と相違ないのだ。どうやら英霊たちからすると空飛ぶ火の玉は特に不思議な光景でもないらしいのだが、そのへんの理由は追々話すと言って、置き去りにされている。

「お前だって一週間前に天竜を見て気づいただろ？　ああ、お前は気づいた。お前は結構目ざといやつだ。危険の匂いに敏感で、いわゆる動物としての生存本能に優れてるやつだ。そんなお前は、『あの天竜がもし自分と反目したら』とか考えたはずだ」

すると、特訓を監督していた大柄な男の英霊――確か名前は〈タイラント〉――が、続けるようにして言った。

「その不安に対する答えをくれてやる。――抵抗する力をつければいいんだ。天竜に襲いかかられてもなお生き残れるような、生存の力を磨けばいい」

「そ、それにしたってこの年齢でここまでやる必要あんのかよっ！　フランダーの話どおりならまだこの身体五歳程度だろ⁉」

後方から迫ってくる火の玉から必死で逃げながら、メレアはまた抗議の声をあげる。

「必要？　あるある、超ある。お前、相手が〈魔王〉だったらどうすんだ。魔王は独自の力の研究を進めてるところが多いんだぞ？　幼少期から英才教育するところもあるし、秘術的な術式を継いでるところもある。俺の時代はそうだった。――それに五歳なんかあれだ、俺は四歳から戦場に出てたから、それと比べたら十分大人だ」

「たぶん比べる対象が間違ってる……！」

そう答えながら、メレアは内心でタイラントの話中に現れたある単語に思いを巡らせていた。

――〈魔王〉。

近頃、英霊たちの口からそんな単語を聞くことがある。字面だけを見ればなんとも悪そうな香りがしてくるが、いざその意味を英霊たちに訊《たず》ねてもはぐらかされることが多かった。

「その魔王ってのがどういう存在なのかまだちょっと曖昧なんだけどっ！」

「あー……、まあそのへんはフランダーが時期を見て話してくれるだろ」

「その受け流し方はずるいなっ！」

やはり、いざ訊《き》こうとするとこうなる。

実はメレアは、そういう英霊たちの反応を見越してまた違う筋から魔王についての話を聞こうとしたこともあった。彼もまた英霊たちと同じくあまり多くを語ろうとはしなかったが、メレアはかつての自分の世界の話をダシに、少しだけ魔王について情報を引き出すことに成功した。

「でも、ちらっと聞いたところによると、今の時代の魔王って衰退してきてるらしいじゃん？」

メレアは火の玉を跳んでよけたあとにそんなことを言った。すると、メレアの言葉を聞いたタイラントが驚いたように目を丸める。

「その話、誰から聞いたんだ？」

タイラントはそう訊ねて――しかし、メレアから答えが返ってくる前にふっと納得の表情を浮かべた。

「ああ、クルティスタか。たしかにあいつはいろいろ知ってるからな」

タイラントの言うとおり、最初に出会った日からすでに二度ほど霊山に戻ってきていたクルティスタから、メレアは魔王についての断片的な情報を得ていた。

「てかあれからもう戻ってきたのかよ。案外あの天竜も節操ねえな。あいつらの知識欲には感服するぜ」

「まあ、それくらいしか聞いてないけど——おっと！　……で、どうなの？」

メレアは頭のあたりに飛んできた火の玉を屈《かが》んで避けながら、言葉を繋《つな》げる。

「……」

タイラントは少しの間考え込むように沈黙して、そのあとに答えた。

「……仮に衰退してても、どうせ似たようなのが出てくる。悪意の対象が変わるだけだ」

妙に真に迫る感じの言葉であった。メレアがその意味についてまた訊ねようとするが、その前にタイラントがたたみかけるようにして言葉を並べる。

「問題は、さっきも言ったとおり、そういう強大な存在がお前と反目して、たとえばお前の仲間に手を出してきたとき、自分に守れる力があった方がいいじゃねえか、ってことだ」

「そ、それはそうだけど……」

「じゃあ、頑張ろうな。大丈夫、お前はなかなか筋が良い。こうしてすげえ環境に放り込まれても食らいついてくるくらいだからな。やっぱ、一回死んでると覚悟がちげえ。生きることに対する覚悟がよ」

結局タイラントがそう矢継ぎ早に言って、話題をそらしてしまった。一方でメレアもその意図的な話題のそらしに気づいて、かつ自分の周囲を飛び回る火の玉が無駄口を叩《たた》かせないとばかりに速度を速めたので、しかたなくその流れに従うことにする。

「覚悟を決める時間を与えられた覚えはないけどなっ……！」

メレアにはかつての生に対する未練はもうない。あれはあれで、精一杯生きた。あまり長い間を生きられなかったが、やるだけはやったと、今振り返っても思うことができる。

ただ、死ぬまでの半生を、自由の利かない重い身体で過ごした悲哀はいまだに脳裏に刻まれていた。だから、こうして動ける身体に生まれたことを心底からありがたく思っている。

「よーし、んじゃ、あと二時間な」

「に、二時間っ⁉」

「大丈夫大丈夫。高度にも慣れてきたろ。俺、向こうでフランダーと盤上遊戯してるから、それまで火の玉を避け続けろよ。じゃあな」

そう言って、タイラントはひらひらと手を振りながら踵《きびす》を返した。タイラントの向かう先にはいつもの柔らかな笑みを浮かべたフランダーがいて、メレアが逃げ回るさまを見ている。

——見ているだけだ。

決して止めようとはしていない。

フランダーはこういう訓練のときには、あまり口を出さなかった。

曰く、『〈戦神《せんしん》〉の号を持つタイラントの訓練に僕が口を出す余地なんてないさ。ここにはほかにも〈武神《ぶしん》〉から〈剣魔《けんま》〉、さらに〈弓神《きゅうじん》〉にいたるまで、生前に肉体戦闘系の号をつけられた英霊がたくさんいる。自慢じゃないけど、僕はそういうのが苦手でね。——貧弱なんだ。だからこのたぐいのことは彼らに任せることにしているのさ』ということらしい。

それに対してほかの英霊たちは、『貧弱？ 〈術神〉がよく言うぜ。一番やばいのはお前だろ』といつも皮肉っぽく返していた。

——たしかにフランダーもこれを見て止めようとしないあたり、かなりサディスティックなのは

事実だ。

「うおっ！　あぶねっ！　髪が焦げる‼」

メレアはそんなフランダーの様子をもう一度見てうんざりしながら、それからは火の玉を避けることに集中した。


二時間後。

そこには陸に打ち上げられた魚のように力なく地面に突っ伏すメレアの姿があった。その雪白の髪は――少し焦げていた。

◆◆◆

瞬く間に月日は過ぎる。

気づけばメレアが転生してから一年が経っていた。

メレアにとっては生まれ直してから一息つく暇もなく、必死で生き抜いてきた感がある。英霊たちの地獄のような特訓に追われていたのが最たる原因だろう。

「えーっと、こっちの術式がこうで、この術式が変数式で組み合わさって……」

その日、メレアは三人の女英霊に囲まれて、石造りの机の上に置かれた一枚の石版を眺めていた。

石版には文字や幾何学模様の混じったなんとも複雑怪奇な紋様が刻まれていて、ともすれば職人の手がけた高級な絨毯《じゅうたん》のようにも見える。

メレアはその紋様を指でなぞり、ときおりブツブツとつぶやきながら、頭を抱えていた。

「はい、そこ違う。そのなぞり方だめー。その事象式じゃ炎は生まれません」

すると、メレアの傍らに控えていた女英霊たちが、にやにやとした笑みを浮かべて楽しげにメレアへダメ出しをする。

「んあああっ！　なんで図形に文字が組み合わさってんだよ！　——誰だっ!!　これ考えたの！」

メレアは彼女たちのダメ出しを受けてついに両手を投げ出した。疲れたようにしんなりとしていた雪白の髪がぼさりと揺れる。

「さあ？　神様じゃない？　術式って物理現象みたいなもんだし。なんで命が生まれるのとか、なんで光の速度は決まってるのとか、そういうのを突き詰めていくと『そういうものだからそうなる』って答えになるでしょ」

「それはわかる、それはわかるんだが……馬鹿みたいに複雑だから思わずツバを吐きかけたくなる」

　メレアは術式に関しての講義を受けていた。簡単に言えば、魔法のようなものである。

あのタイラントとの訓練のときに見た火の玉は、まさしくこの力によるものだった。

「術式なんてものを見つけたやつは間違いなく性格が悪い。そいつは天才で、すぐに理解できたのかもしれないけど、後世の人間、特に俺の苦労についてはまるで考えなかった」

「意味わからないこと言ってないでさっさと続きやんなさいよ」

〈術式〉とは、言うなれば事象と作用を表す計算式のようなものである。——ただし、非常に多くの、さまざまな要素が混ざり合った計算式だ。

——数字、図形、文字、模様、配置による作用の違いから、描く順番の違いまで……

まとめて〈術式言語〉と呼ばれるそれらを駆使し、事象を表す式を導き出す。そこに燃料となる

〈術素《ミノス》〉を投じて、現実に事象を顕現させる。

――百歩譲って事象が起きる理屈は許す。

メレアは術式という力の原理に関して、わりと早い段階で許容した。突き詰めれば世の事象はすべて式で表現できる、というこの世界の常識にも一応は納得している。

だが、

「あ、そこ順番違うわよ」

「右から描《か》いても左から描いても線は線だろ……」

一方でその複雑さにはかなり頭を悩ませていた。

「まあ、一年でこれって筋が良いんだから、そう落ち込まなくてもいいわよ。あたしたちから見て筋が良いって、結構すごいことだと思うけどね」

「じゃあ今日の晩飯は……」

「え？　それとこれは別よ。ちゃんとできなければ筋が良くても晩飯は抜きよ？」

「た、楽しげに微笑《ほほえ》みやがってえ……！」

メレアは忌々しげに女英霊へ視線を向ける。その瞳には懇願するような色も混ざっているが、女英霊の方はメレアの懇願には屈しなかった。

「あんたって意外と甘え上手よね。一年経ってずいぶんあんたのことわかってきたけど、人たらしの才能はあるかもしれないわ。まあわたしはそれには引っかからないけど」

「そこをなんとか！　ご飯食べたいです素敵なお姉さん！」

「はい、次はこっちの事象式を読解。反転術式も組みなさい」

「あー……うあー……」

有無を言わさぬ女英霊の指示に、メレアは観念したようにうな垂れた。

「ちなみにさ、これってそんなに極めないとダメなことなの？」

うな垂れつつも、結局は素直に事象式を指先でなぞりはじめたメレアが、途中で訊ねる。女英霊はその問いかけに、間髪いれずにうなずいて答えた。

「あんた、〈術神の魔眼《フランダー・クロウ》〉を持ってるんだから、術式に関する知識だけはめちゃくちゃつけないとダメよ。宝の持ち腐れになるから。そのうえでいずれは〈反転術式〉の手法まで習得するのが理想ね」

そう言われ、メレアはいったん手を止めて石机の上に置いてあった水瓶の中を覗《のぞ》き込んだ。瓶の中の水面《みなも》に自分の顔が映る。そこには二つの赤い瞳がはめ込まれていた。

〈術神の魔眼〉。

この赤い瞳は、あのフランダーの身体因子らしい。

――たしかにこの眼《め》のおかげで構成術式が見えるのは大きいけど……

〈術神の魔眼〉は、あらゆる術式の構成式を見破ると言われていた。

大半の術式は、それが事象に成ったあとにその中に内包されて見えなくなるが、〈術神の魔眼〉はそんな事象の外側からでも構成式を見抜くのだ。

そして相手の術式が読めれば、それに対応する〈反転術式〉を当てることで、術式を無効化することができるらしい。今行っているのは、その反転術式を扱うための基礎訓練でもあった。

「いや簡単に言うけどさ、反転術式なんて繊細な方法で相手の術式を相殺してるのフランダーくらいじゃん。ほかの英霊たちは結構力技で別の術式ぶつけて打ち消してるじゃん。それでいいじゃん」

「ある一定のレベルまではね」

単純に、相手の術式を上回る強い効果の術式を当てても競り勝つことはできるらしい。だが、そういう手法の場合、相手の術式が力学的なものでなかった場合にどうしようもなくなる。それこそ相手の術式を吸収する術式やら、相手の術式を反射する術式やらの場合だ。

その点反転術式は、手間こそかかるがそういうものにも対応できる。的確に反転された術式は式の効力を根本から相殺するからだ。

「反転術式じゃないと防げない、ってものが結構あるのよ。そのうちわかるわ。とにかく今は頑張んなさい」

「ぐぬう……」

「まずは読んだ式を正確に反転させるための知識をつけること。あんたは生まれながらに相手の術式を見破る良い眼を持ってるんだから、結構有利なのよ？」

「わ、わかったよ」

メレアは女英霊に言われ、しぶしぶと引き下がる。

「あ、でも理想は脊髄反射レベルだからね。つまり相手の術式を〈術神の魔眼〉で読み取った瞬間に、反射的に反転術式を編めるようになること。それくらいのレベルになってようやく合格」

「えっ⁉　それどれくらい時間掛かるんだよ！」

「知らないわ、そんなこと。——だって普通の人間はそんなばかげたレベルを目指さないもの」

「おい！　今なんか最後に聞こえたぞ！」

ぼそりとつぶやかれた言葉にメレアは目を見開いて反応する。

「いいからつべこべ言わずにやる。大丈夫、わたしたちが組んだ指導要綱《カリキュラム》は完璧よ。この基礎が終わったら今度は地方土着の秘術式とか、英雄がかつて生み出した特殊な術式理論とか、そのあたりも全部覚えてもらうから。——ええ、身体《からだ》で」

だが最後には女英霊の迫力のある笑みに押し切られて、再び石机にかじりつくはめになった。

——完全に俺を殺しにきてる。

訓練時以外は優しかった英霊たちだが、男も女も訓練になるとひどく厳しかった。

◆◆◆

それからさらにいくばくかの月日が過ぎた。術式に関する基本的な指導が終わり、ようやく実践段階に移りはじめる。

霊山から見下ろす景色に濃い緑色が混ざりはじめた時分、メレアは慣れ親しんだ山頂の石机の傍《そば》ではなく、そこからやや下った場所にあるちょっとした広場に立っていた。

「じゃ、編むよー」

そんなメレアの正面、やや離れたところに、フランダーが立っている。フランダーはいつもの微笑を浮かべて、手を振っていた。

と、直後。そのフランダーが片手を前に出し、術式を編みはじめる。それは瞬く間に完成して、すかさず炎の塊に転化した。

「術式展開が速すぎるんだけど……！」

言いながら、メレアは〈術神の魔眼〉を使用してその炎塊の事象式を読み取る。さらに捉えた式の効力に対抗する反転術式を編みあげるが——

「んぐが……！」

それを実際に手のひらへ展開するまでに、ずいぶんと時間が掛かった。

「はい、一分。――おっそ」

しばらくして、隣で時間を計っていた女英霊がため息とともに言う。さらに周辺から、その訓練の様子を観察していたほかの英霊たちの笑い声交じりの野次が飛んできた。

「くっそー！　これでも結構速くなってきたんだぞ！」

メレアは彼らの野次に顔を赤らめながら、悔しそうに言った。

「でも一分じゃ死んでるなぁ」

「知ってます……」

最初期から比べたら、これでもだいぶ速くなっていた。回数で稼ぐと言わんばかりに、うんざりするほどの反復を行っているからだろう。いまだに机上での勉強も行っていたが、やはり身体を動かす方が自分には合っているようだ、というのがメレアが自分に対して抱いた感想でもあった。

「うーん。まずは障壁系の反転術式でいいけど、のちのちは攻性《こうせい》の反転術式とかもやらせたいのよね」

「攻性って？」

不意に女英霊が漏らした言葉に、メレアが首を傾《かし》げて訊《たず》ねる。

「防御じゃなくて、相手の術式を反転させてからさらに攻撃術式に転換するの。いわば積極的な無効化ね。わたしの黒炎《こくえん》術式だったら、たぶんそれっぽく攻性反転させると白炎《びゃくえん》術式になるから、それを読み取って、反射的に攻性反転術式に編みあげて、先に撃つの。これが最終的な到達点じゃないかしら」

「術式を編んだ本人より先に撃つって……」

「術式は編んでから事象に成るまでに時間的な開きがあるからね。もちろん、熟達した使い手ほど式を描写してからの発動が速いわ。でも、どんな使い手であっても、最初に式を見える形で描写しないといけないわけだから、それを見て先に反転術式を撃つことだって理論上は可能よ。つまり、あんたの術式生成速度が相手より速けりゃいいのよ」

「か、簡単に言うよね」

メレアが女英霊の説明を受けて憂鬱そうに言う。

「それに、あんたは式が事象に転化したあとからでも〈術神の魔眼〉で構成式を見ることができるんだから、より猶予があるじゃない」

女英霊はそう言ったあと、離れた場所で次々と両手に術式を展開させ、次の一発の用意をしている美貌の男に一瞥《いちべつ》をくれた。

「まあ、〈術神《フランダー・クロウ》〉は最終的に魔眼を使うまでもなくそれができちゃったらしいけど。相手の術式がたとえ生成途中であったとしても、そこから先を自分で予想して反転術式を編めたらしいわ」

「そんなのやられたら心が折れそうだ……」

対するその男――フランダーは、視線に気づいてまたものんきに手を振り返していた。顔には笑みがあって、やはり楽しげだ。

「はあ。あの優男、わたしたちの時代じゃいっそのこと竜族よりもおそれられていたんだけど、こうして霊になったあとに実際会ってみたらとんだ朴念仁《ぼくねんじん》だったわ。……ちょっと憧れてたのに」

女英霊はまた大きなため息をついて、そのあと視線をメレアへと戻した。

「ともかく、いずれにせよ優秀な術師なら先行術式を見て効力を推定するくらいはやるものよ。

——まあ、先に反転術式を編んで撃つのは優秀っていうより化物《ばけもの》じみてるって言った方が的確だけど」

「今はっきり化物って言った！　俺化物と同じことやらされてる‼」

「大丈夫、〈術神の魔眼〉と〈戦神の剛体〉と、その他いろいろ、英霊の特質を身体に宿せてしまうあんたはすでにまともな人間じゃないから」

「なにが大丈夫なんだ……！」

謎の論拠をもとに肩をぽんと叩《たた》かれたメレアは、すかさず抗議をしようとしたが、

「魂の器が大きかったのかしら。そのへんはよくわからないけど、小さいより良いことはたしかね」

そう言いながら女英霊がフランダーの方に合図を出し、それに応えたフランダーがまたいくつもの術式をすさまじい速度で生成したのを見て、とっさにそれをやめた。

フランダーの周囲に広がった無数の術式陣を見て、メレアは頬を引き攣《つ》らせながらも、すぐに反転術式の作成に勤《いそ》しむことにした。

◆◆◆

——髪、伸びたな。

巨大な岩の上。英霊たちとの訓練のせいでところどころ奇妙な形に削られたその岩の上で、メレアは雪白色の髪の毛先を摘《つ》まんで内心にこぼしていた。

——それ以上に背が伸びただろうか。

　二度目の生を受けてから早数年。淡々と過ぎていく時間は、されどメレアの身体にはっきりとした変化を残していく。

「今の下界は春かなぁ」

　あまり変わり映えのしないリンドホルム霊山の景色だが、さすがにこれだけ長いこと暮らしていると周期的な変化には気づくようになってくる。吹いてくる風の鋭さ。わずかな気温の変化。春口はわかりやすく、まばらに高山植物が咲くこともあった。意外とその景色は綺麗《きれい》だ。

「メレア、下りて来なさい。反転術式の訓練、見てあげるから」

　ふと、岩の下の方から声が飛んできた。メレアが視線を向けると、そこには女英霊の姿がある。高い岩の上から見るといつも以上にその身体が薄まって見えた。

「わかった。今下りるよ」

　そう言って、メレアは岩の上から飛び下りる。

　静かに着地し、女英霊の隣に肩を並べた。

「ずいぶん背が伸びたわね、あんた」

　そう言って、ふいに女英霊が頭をなでてきた。

「もうすぐ俺の方が大きくなるな。そうなれば術式失敗したときにでこぴんかまされることもなくなると見た……！」

「手が届きづらくなったら別の方法を取るだけよ。それこそ術式で一発入れるわね」

「ホント容赦ねえな！」

　メレアが女英霊に畏怖のこもった視線を向ける。

　女英霊はそうしてわざとらしく震えるメレアを見て、ふっと楽しげな笑みを浮かべた。

メレアは女英霊に連れられて、またあの山頂から少し下った場所にある広場へと向かった。そこにはすでにほかの術式訓練係の女英霊二人と、いつもの見物客たちの姿がある。

メレアは彼らに「暇そうだなぁ」と苦笑を向けて、背の高くなった身体を広場の中央に立たせた。それから腕を軽く開いて、身構える。

「じゃあ、そろそろ三発同時にしましょうか。これに全部対応できたら、ひとまず反転術式に関しては合格ってことにしてあげる」

三人の女英霊たちがメレアから少し離れた場所に立って、そんなことを言った。

「わかった」

メレアは彼女たちの提案に眉をあげたあと、やる気に満ちた笑みを見せる。

「じゃ、行くわよ」

女英霊たちがうなずき、そして——

「〈撃《う》ち貫《つらぬ》く炎〉」

「〈穿《うが》ち抜く雷《いかずち》〉」

「〈突き通す水〉」

すかさず手元に術式を編みはじめた。彼女たちが掲げた手に舞うようにして構成式が描き出され、それは一瞬のうちにそれぞれの事象に転化して姿を消す。

——見える。

しかしメレアには、事象に内包されてしまった構成式がはっきりと見えていた。〈術神の魔眼〉が、赤い輝きを放つ。

メレアは即座にそれぞれの方向へ術式を編み出した。そうして編み出された術式は、まるで盾のようにメレアの前に立ちはだかる。

数瞬おいて、そんなメレアの術式障壁に対して女英霊たちの術式が鋭い槍《やり》のごとく撃ち放たれた。

「——うん、及第点ね。まあよしとしましょう」

結果、障壁に衝突した術式事象は、溶けるように消え去る。反転した式を持つ術式障壁に衝突し、中和されたのだ。

「やっとか！　三年かかったあああ!!」

女英霊たちについに合格をもらったメレアは、両腕をあげて喜びを露《あら》わにした。

すると見物客の中から嬉《うれ》しげな笑みを浮かべたフランダーがやってきて、おもむろにメレアの頭をなでる。

「僕は十年かかったけどね。君は僕よりも才能があるようだ。——不思議だね。術式なんかない世界から来たのに」

「フランダーは全部独学でやったからだろう？　先達がいるからこうして効率よく学べるんだよ。みんながいなかったらこううまくはいかなかったと思うな」

「そう言ってもらえると、きっと彼女たちも喜ぶよ」

ふと、フランダーがそう言いながら、今度は三人の女英霊たちの方を指差した。

メレアもそれに釣られるように視線を移し——

「え？」

次の瞬間、絶句した。目の前に映った光景が、すぐには信じられなかった。

「そう……、わたしたちの未練もここで燃料切れってわけね」

女英霊たちの姿が、今にも消えそうなほどに――薄くなっていった。

メレアは呆《ほう》けた声をあげたあと、ハッとして我に返るや、女英霊たちに駆け寄る。

「なんだかレイラスの気持ちがちょっとわかった気がするわ」

「あはは、レイラスは子どもが生まれた喜びで昇天しちゃったものね。あの子、どれだけ嬉しかったのかしら」

「レイラスは若く死んじまったからねえ」

女英霊たちは、いつの間にか、とても穏やかな笑みを顔に浮かべていた。

「み、みんな――」

メレアはそんな彼女たちに近づくと、不安げな表情で彼女たちを順に見ていく。すると彼女たちの笑みが、子を安心させようとする母のような笑みに変わって、メレアに向けられた。

「平和ボケしたってことよ、わたしたちも。もっと派手に未練晴らしてやろうって思ってたけど、あんたのことを育ててたら満足しちゃった。わたしも生前子どもがいなかったから、きっとそうなったのね。ホント、母性って厄介なものよ」

「メレア、最初はあなたのことを英雄に仕立てて、私たちの代わりに未練を晴らしてもらおうって思っていたけど、今はそういうものをあなたに背負わせることが嫌に思えてならない。――子どもの自由を縛るのって、結構心にクるものね。私もこんな気持ち、知らなかったわ。でも……知れて、よかった」

「そういうことだから、あんたは好きに生きなよ、メレア。ただ、せめて自分が守りたいものは守れるように、男なんだから、それくらいの強さは常に持ち続けなさい」

三つの声が最後みたいな言葉を紡いで。

「待っ――」

――彼女たちは、消えた。

メレアの隣にいたフランダーが空を見上げ、薄く目を細めた。

「これでまた霊山が寂しくなるね」

フランダーのつぶやきは霊山の寒風《かんぷう》に乗って、ずっと空高くにまで昇っていった。

◆◆◆

メレアが十五歳になる頃には、英霊たちのうちの半数以上が消えてしまっていた。

彼らはメレアが英霊の技能を身につけていくたび、役割を終えたとばかりに消えていった。

「強くなったな、メレア。いっそ憎らしく思えるくらいに、お前は強くなったよ」

そしてまた一人、メレアの前で英霊が空に昇ろうとしていた。

「おかげで俺の身体《からだ》も薄まっちまった。……くそ、俺の望みはなんだったんだ。自分の技術を継がせる存在が欲しかっただけなのかもしれねえって、いまさら思えてきたぜ」

武闘派英霊の筆頭であった大男――〈タイラント〉。最後の稽古と称した組手で、その男英霊はメレアに投げ飛ばされていた。

「タイラント……」

メレアはタイラントを超えた。それが、タイラントの霊としての存在を薄めた瞬間だった。

「……〈戦神の剛体〉は俺の因子だ。お前の身体は強い。なまくら剣の一本や二本、打ちつけられてもまるで問題にしねえはずだ。そしてお前はそれを自分のものとして会得した。俺より俺の身体をうまく動かすお前は、間違いなく強い」

タイラントはひどく希薄になった自分の手を見て苦笑したあと、満足げな顔でメレアの頭をなでた。

「願わくは、戦神の名に誇りを持ってくれ。それが俺への手向《たむ》けになる。……そんな顔をするな。お前の身体に俺の因子はちゃんと存在する。俺はいつだってお前と共にある」

「――うん」

「魂は別の世界のそれだけどよ、お前は俺の未練を断ち切っちまうくらい、俺の息子として可愛《かわい》がられてたぜ。だから――俺は行く。お前に変なしがらみを背負わせるのは、やっぱりやめた」

そう言ったタイラントの身体が、不意にまた薄くなった。霊体が――消える。

その間際で、タイラントが右の拳を突き出していた。メレアはそれに気づくと、すぐにタイラントに近づいて自分の拳をその拳に突き合わせる。

「――元気でな」

「――さよなら、親父《おやじ》」

「ハハッ、悪くねえ呼び名だ」

そうしてまた一人、英霊が空へと昇った。

◆◆◆

「なんだか、俺がみんなを殺しているみたいだ」

タイラントが消えていった日の夜。メレアは冷たい岩を背もたれにして座りながら、そんな言葉

をこぼしていた。

「それは違う、メレア。君は逆に彼らにとって素晴らしいことをしてあげているんだよ。彼らの未練と復讐《ふくしゅう》の連鎖を断ち切っているんだ。未練によって生き延びた彼らが、その未練以外によって満足するというのは、本当にすごいことなんだよ」

メレアの隣にはフランダーがいた。フランダーはまだ、霊山に残っていた。

「未練と復讐の連鎖？」

メレアはそんなフランダーの方を見上げ、短く訊《たず》ねる。

「そう。未練と復讐の連鎖」

フランダーはメレアと同じ赤い瞳に優しげな光を灯《とも》し、メレアの肩をはげますようになでながら言った。

「そろそろ……話すべきかな」

それからフランダーは、一度視線を足元に沈ませ、そのあと決心したように顔をあげた。再びメレアの方を見て、口を開く。

「本当は、もっと早くに話しておくべきだったんだろう。でも、言えなかったんだ。僕たちの欲と、自分の悲惨な死を認めたくないというわがままな思いが、君にすべてを話すのを止めさせた」

不意にフランダーが浮かべた自嘲するような笑みが、メレアの目に焼き付く。

「でも、今こそ話そう。僕たちが最初、どういう理由で君を呼んだか。僕たちに、どういう未練があったのか」

そのフランダーの決意は、メレアにとって少しおそろしいものに思えた。それはフランダーが消えるためにする前準備のようにも思えたのだ。

まるで置き土産のように、これからその話をして、フランダーも消えていくのではないか。

されどメレアには、もはやフランダーの決意を止める力はなかった。それくらい彼の表情には、断固としたものが映っていた。

「〈魔王〉って言葉、聞いたことあるよね」

「うん」

フランダーの話はあの単語からはじまった。

「その言葉が、僕たちの未練に強く関わっている」

今までほとんど知ることのできなかった魔王についての話。その真相が、ついにフランダーの口から聞ける。

メレアは襟を正して、耳をそばだてた。

「結論から述べれば、僕たちは英雄とも呼ばれたし――魔王とも呼ばれた」

「英雄で、魔王？」

「そう。しかしそこには順序がある」

フランダーが空を見上げる。

「まず、魔王がなんであるかだ」

それからすぐに続けた。

「最初、魔王という言葉は、とある悪徳の化身を形容するために作られた。ずっと昔、僕が生まれるよりもっと前の話だ」

語感から、そうではないかとメレアも思っていた。

「加えれば、とても強くて、悪徳にまみれていた者たちのことを、だね。手がつけられない暴虐の王たちをそう呼んだんだ」

それだけだろうか。この時点ではフランダーたちがその名で呼ばれたことに対する理由を見つけられない。

「でも、あるときから、魔王の意味が変わった。――魔王という言葉が指す対象が変わったんだ」

「変わった？」

どんなふうに。メレアの中にすぐさま疑問が浮かぶ。

「とても強くて、悪徳の化身であった者を指す言葉から――」

フランダーがほんの少しの間を挟んで、続けた。

「――ただ、強い者を指す言葉へ」

メレアはまだ、その意味の変遷によって起こった悲劇を知らない。


「今言ったとおり、昔は決してそんな広範な者を指す言葉じゃなかったんだ。ただ強い者を指すだなんて、ちょっと無差別的すぎるだろう？」

フランダーが困ったように笑って、メレアの方を向いた。

「僕が英雄と呼ばれてすぐの頃は、まだ、強大で、かつ悪徳の化身であるような者を魔王と呼んでいた。でも僕が死ぬ頃には、その悪徳の化身という部分が削れて、ただ強大な者を表すための言葉になっていた。僕の生きていた時代が、おそらくその転換期だったんだろう」

転換期。どうしてそんなふうに意味が変遷したのかについては、やはりまだわからない。

そんなメレアの内心を察したように、フランダーが逆に訊ねていた。

「ちなみに、どうしてそうなったかはわかるかい？」

「んー……」

いまいちピンとこない。

そうやって悩んでいると、時間切れとばかりにフランダーが先に言った。

「悪徳の化身としての魔王が数を減らしてしまったからだよ。いつの間にか、彼らは脅威ではなくなっていた。力があって、それでいて悪徳にまみれていた暴君は、ついにほとんどが討ち果たされてしまったんだ」

「いいことじゃん」

「うん、そこはね」

フランダーの苦笑が深くなる。

「でもそのおかげで人間は——あるいは国家は、共通の敵を失った。……正直に言ってしまえば、あの時代はそういう共通の敵がいたおかげで国家間の戦争が沈静化されていた、という節がある。しかし魔王が衰退したせいで、今度は——」

「ああ、そういうこと……」

メレアはついに、一つ得心した。フランダーが何を言おうとしているのかに気づいて、思わず苦々しげな表情を浮かべる。「懲りないな」と他人事《ひとごと》のような言葉が小さく漏れた。

「僕もそう思うよ。ともあれ、その結果——今度は国家間の戦争が盛んになった」

ひどい話だ。メレアは率直にそう思った。

「そして国家間の戦争が盛んになりはじめた頃に、時代に合わせるかのようにして、魔王という言葉の意味も変わったんだ。……国家に都合良くね」

「どういうこと？」

今の話とは違って、こちらにはまだ予想の一つも浮かばない。

「前提として、彼らは戦争で勝つために、とにかく強い力を欲しがっていた」

フランダーが人差し指を立てて言う。まだ先の内容は判然としないが、戦争のために力を欲したという道理にはメレアも一定の理解がおけた。それは争いごとの、最も簡潔な理屈だ。

「そして強い力と言えば魔王だ」

「まさか、魔王を利用しようとしたとか？」

メレアが話の流れから先を予想して、訊ねた。しかしフランダーはそれに首を振って答えた。

「そうしようとしたこともあった。もろ刃の剣だけれど、うまく利用できればこの上ない戦力になる。でも最初に言ったとおり、そうやって他国家に目が向くようになったときには、そもそも魔王がほとんどいなかった」

狩り尽くしてしまったから。

「だから国家は、別の対象に注目したんだ」

「別の対象？」

「そう」

フランダーは一拍をおいてから、はっきりとした口調で言った。

「悪徳の化身である魔王が狩り尽くされる前、その特効薬のように存在した英雄に、今度は目を付けた。彼らはたしかに強い力を持っていたからね。——最初の悪徳の魔王を倒すほどの」

メレアは嫌な予感がした。そのフランダーの言葉が、メレアに歴史の輪郭を捉えさせようとしていた。

メレアが胃のあたりにもやもやとしたものを感じていると、フランダーがまた続けた。

「国家は最初、『戦争に協力してくれ』と正直に英雄たちに願った。すでに彼らには英雄としての功績があったから、下手に強制はできない。扱い方を間違えると民からの反発もあるだろう。しかし大半の英雄たちはうなずかなかった。悪徳の化身であった魔王を討つのと、ほかの国家を討つのとでは、だいぶ中身が違ってくるから」

まるで自分のことのようにフランダーが言った。

「しかし断っても、彼らはなかなか諦めなかった。どこかの国がうまいこと英雄を戦争に駆り出せばなおさら、『自分たちも』と執着していく。そうして英雄と国家の間でばかばかしい小競り合いが続いて——その果てに、ある事件が起きた」

メレアの意識がフランダーの最後の言葉に引っ張られる。

「きっかけは、とある国家の誰かが言った、こんな言葉だった」

『協力してくれないなら、その力だけを奪ってしまえばいいのだ』


「え?」

メレアは唖然《あぜん》とした声をあげる。

「でも、それだとその国の民が反発したり——」

「そう。そんな横暴な手段を取ったら、さすがに民たちは怒る。まあ、国家存続の危機、ともなれば彼らにも良心とのせめぎ合いがあっただろうけど、そのときはそこまで切羽詰まっていなかった」

「ならどうやって……」

「名目さ。でっちあげの名目を作ったんだよ」

フランダーの顔に、一瞬怒気が映り込んだのをメレアはたしかに捉えた。

「徹底的な情報操作。近場にちょうどいい言葉も残っていた」

そのときメレアの脳裏に、あの言葉が蘇《よみがえ》る。――〈魔王〉。

「きっかけを作ったその国家は、あらゆる手を尽くして――」


英雄を魔王に仕立て上げた。


「……狂ってる」

メレアの口から、愕然《がくぜん》とした言葉がこぼれた。

「そしてその方法に続いた多くの国家が、魔王を倒すという名目のもと、英雄たちに対して強硬手段を取り、そのたぐいまれな力や知識をどんどんと奪っていった。ひどいところだと、そのあとに恨まれたり、ほかの国家に再利用されるのをおそれて、命まで奪ってしまう国家もあった」

メレアはとっさに言葉が出ない。

「さらに一度やってしまうともう止まらない。その方法がうまくいってしまったのも余計だった。魔王というレッテルは、どんどんとほかの英雄にも貼り付けられていく。そうして英雄が――次の時代の魔王になっていった」

魔王という言葉は、時代時代でなにかに覆いかぶさる悪魔の獣皮のようだった。前時代から魔王という言葉に積み重ねられてきた怨念を、次の時代にその言葉にくるまれた者たちが背負わされる。

たとえ実態と名の間に誤差があっても、そこを人の悪意が埋めていく。

すべての元凶は魔王という言葉そのものにあるのではないか。

メレアはそんなふうにさえ思いはじめていた。

「それが繰り返されていって、ついに感覚も麻痺《まひ》した。でっちあげの名目さえまともにつけなくなって、国家の都合でただ強大である者をそのまま魔王にしてしまうような事態にまで陥った」

うなずきがたい。しかし、それが歴史だった。

「ここにいた英霊たちは、そういう暴虐の流れに巻き込まれた英雄たちだった」

ふと、話がほかの英霊たちのことへ戻ってくる。

「だから彼らは、少なからずその身の内に恨みを抱えている。未練があった。なぜあんなことになってしまったのかに納得が欲しかっただろうし、たぶん……復讐したいという気持ちもあっただろう」

フランダーの瞳が同じ色のメレアの瞳へ向けられる。

「君は最初、そんな英霊たちの未練を晴らすために、ここへ呼ばれた。今だからこそ言うけど、最初はそういう側面があった。それを……申し訳なく思う。僕たちは僕たちのわがままで君の生を縛ろうとしたんだ」

不意にフランダーが頭を下げようとした。

しかしメレアは、それをとっさに止めた。

「やめてくれ。たとえそうであったとしても、俺は二度目の生を与えてくれたことにそれ以上の感謝をしてるんだ。むしろそれぐらい、なんてことない。もっとなにをやれって言ってくれてもいいくらいだ」

メレアは矢継ぎ早に言う。

そこでふと、メレアの中に疑問が浮かんだ。

「でも、ならどうして、彼らは俺がなにかをする前に消えていってしまったんだろう。まだ未練もなにも――」

そう言いかけたところで、フランダーがすかさず声を挟んだ。

「それが、君のしてくれた最大の贈り物なんだ。彼らは君を育てているうちに、その未練をまったく別の方法で解消した。君と過ごす日々は――」

フランダーがまっすぐにメレアの目を見る。

「そんな僕たちの未練と復讐心《ふくしゅうしん》さえも昇華させてしまうほど、楽しいものだった」

いざそう言われると、メレアの中にも恥ずかしさが生まれる。けれど、メレア自身はなにか特別なことをしたという思いはなかった。だから、本当にそれだけで良かったのか、もっとなにかをしてやれなかったのか、今度はそんな思いが芽生えてくる。

「十分だよ。もう十分なんだ。本当はもっと早くに、気づくべきだった。そうすれば君はもっと平穏に……暮らせたかも、しれないのに――」

不意に、フランダーが今にも泣きそうな表情を浮かべて、それから顔をうつむけた。

「……今日は少し話が長くなったね。続きはまた今度にしようか」

メレアは最後のフランダーの言葉が気になったが、まだ顔をうつむけたままのフランダーを見て、その先を促すことはできなかった。

その代わり、メレアは笑みを浮かべて、フランダーを慰めるように言った。

「俺はこの生活が好きだよ、フランダー。だから、フランダーがそんなに悲しむ必要はないんだ。

みんなに術式とか技とか、いろいろ教えてもらえるのだって楽しいからね」

「……うん」

それでもフランダーは顔をあげなかった。

——……少し、一人にしておこう。

メレアは内心にそう思って、静かにその場を離れることにする。メレアもまた今の話を聞いて、自分の中で気持ちを整理させたかった。

魔王のこと。英雄のこと。国家のこと。そして——自分のこと。

ついでに胸中に生まれたもやもやとした思いを発散しようと、メレアは霊山の中を走り回りはじめた。


広場を抜け、岩場をめぐり、霊山外縁の崖際を歩く。

リンドホルム霊山での生活もずいぶん長くなって、見慣れた景色も増えた。今では我が家の庭、とでも言ってしまえそうなところだ。

メレアはそんな霊山の中をさらにいくばくかの間駆けまわり——

「ん?」

最後に、見慣れない場所へたどり着いた。

——洞窟?

通りがかった崖際の道に、意図的にくり抜かれたような空洞があった。入口には岩が積み上げられていて、その間に土が挟み込まれている。まるで誰かに塞がれた、という感じだ。

——風で覆いが剥げたのかな。

霊山は我が家の庭のようなものだ、との前言を撤回しつつ、メレアはその空洞の入口を観察する。

入口の岩の一部が崩れ、隙間から奥に洞窟らしき空間が広がっているのが見えた。

メレアはその洞窟の中に何があるのか、少し気になった。

——入るだけ入ってみようか。

もう少しフランダーを一人にしておきたいという思いもあって、メレアはしばらくここで時間を潰すことにする。手を伸ばし、入口を塞いでいる岩を取り除いていった。


やがて、その洞窟の中でメレアは知ることになる。

フランダーがどうして最後にあんな言葉をこぼしたのか。

その理由の——一端を。

◆◆◆

洞窟の奥には予想以上に広い空間が広がっていた。

メレアは指先にちょっとした術式で炎を灯《とも》し、それを松明《たいまつ》代わりにしてさらに奥へと入っていく。

そうやっていくらか洞窟の中を進んでいくと、突きあたりにほのかな光を放つ石の山を見つけた。

「これって……」

大方の見た目は白い石に違いないが、その内部から青い光がかすかに漏れ出ている。

「〈未来石《フューナス》〉？」

メレアはその石に覚えがあった。見たことこそないが、〈天竜〉クルティスタからこういう石があるという話を聞いたことがあったのだ。

〈未来石〉。その石をしばらくの間握り続けると、自分の未来の可能性が石の表面に現れるという不思議な石。

その話を聞いた当時は、クルティスタが自分の話に対して「そんな便利な道具あるわけないだろう」と言って笑うのと同じように、「実にわかりやすいファンタジーだ」などと言って一笑に付したものだが、実際に目にすると笑いの一つも漏れてこない。

「いやいや、まだ本当に未来の可能性が映るとは決まっていない」

そう言いながらも、やはり試さずにはいられなかった。


メレアはじっとして、三十分ほどの間、〈未来石〉を握り続けた。

――なんだか石に試されているようで、どきどきするな。

自分の未来を見てみたいという欲求は、人の抱く夢のようでもあるが、実際にこうして立ち会ってみると少しおそろしげでもある。

そう思いながら、ついに手を開いて石の表面を見た。そこには文字が浮かび上がっていた。

『魔王』

すかさずメレアはその未来石を手刀で叩《たた》き割った。

――ふう。

メレアはやりきった感とともに、心の中で息を吐いて周りをきょろきょろと見まわす。

――魔王……？

今のを英霊たちに見られたらたまったものではない。彼らはむしろ、本質的には魔王と敵対する英雄だ。この魔王という言葉がいったいどの時代の魔王を指すのかがまた問題だが、なまじ言葉が同じだけにどちらか判別がつかない。

大きく深呼吸をして、いったん心臓の鼓動を落ち着かせる。洞窟の中に満ちる寒々とした空気を吸いながら、残っている未来石を手に取って、もう一度試してみることにした。

——さっきのはなにかの間違いだろう。

願いとも確信ともつかない内心を抱《いだ》いて、また三十分、未来石を握ることにした。


三十分経《た》った。手を開く。

『魔神《まじん》』

割った。

——おかしいな。そんなはずはないんだ。むしろちょっとひどくなったんだけど……。

別に、英雄とかでなくてもいいが、真逆の言葉だけは困る。もう少し当たり障りのないものであると、自分も英霊たちも安心できるだろう。

——最後。あと一回だけ。三度目の正直ってあるもんね？　……二度あることは三度あるとも言うけど。

メレアの最後の挑戦がはじまった。

そわそわとしながら未来石を握り続け、しばらく経って手を離す。

「ん？　ちょっと手を離すのが早すぎたかな」

手の中の未来石には、やはり文字が浮かんでいた。だが、どうにも今回は薄い。微妙に読めない部分がある。

『—魔—主』

文字の間隔的には全部で四、五文字程度だろうか。

「魔……いや、主《あるじ》って……」

どう見るべきか迷って、しかしとっさに後半の方に意識を集中させた。そちらの方が自分の精神衛生上よいであろうことを確信していた。

「主、主……」

あるじ。しゅ。語尾についているとなれば、どちらかだろう。こうして連なっていることを考えると、しゅ、と読んだ方がいいかもしれない。——と、そこでメレアは閃《ひらめ》いた。

「——救世主」

やや無理やりであることは自覚していた。しかし今ほど、心の中で『英雄という単語でなくてもいい』と言ったばかりだ。もしかしたらその心の声を未来石が拾ってくれたのかもしれない。文字の間隔的にもぎりぎり入らないではない。

——この前半の魔という文字がなければ完璧だった。

「いやいや、これはきっと前進した」

自分に言い聞かせる。

「でも、また前の二つがいつ出るともかぎらないから、やっぱり未来石は隠しておこうか……」

未来石とて完全ではない。あくまで可能性の一端を示すという話だ。しかしまかりまちがって前二つの単語が英霊たちの目の前で現れてしまうと、非常に気まずい。

結局メレアはその場にあった未来石を英霊たちの見えないところに隠すことにした。

――もしかしたらこの洞窟の入口も、こういう〈未来石〉の意地悪さをおそれた誰かが意図的に塞いだのかもしれない。

とにかく、早急に対処する必要がある。

メレアはあたりに散らばる気の利かない石ころを、せっせと集めはじめた。


それから、大方周辺の未来石のすべてを取り終えたメレアは、次にそれをどこに隠しておこうかと悩んだ。

――埋めとくか。

とりあえず英霊たちの目に入らなければ、これを彼らの目の前で握らされることはないだろう。ここはちょうどいい洞窟であるし、出るときにまた入口を塞いで、さらに未来石そのものをここの地中にでも埋めておけば二重に隠せることになる。

そう思って、今度は穴を掘っていくことにした。手で掘るのもなんなので、気の利かないことに対する皮肉を込めつつ、少し大きめの未来石を使って洞窟の地面を削っていく。

拾った未来石がすべて入るくらいの深さまで掘って、次にそこへ石を流し込んだ。

最後に穴を掘るために使っていた未来石を手から離し、中へ放り投げる。深さはぎりぎりで、こつん、という音が目の前に聞こえるほど穴は浅くなっていた。

と、いまさらになって、掘るために使っていた未来石にうっすらと何かが浮かび上がっていることに気づいた。ずっと未来石を使って山肌を掘っていたため、意図せずまた未来視を試してしまっていたようだ。

「最後までお前は俺に対しての皮肉を欠かさないな」

目を凝らしてその表面を見ると、そこには文字ではなく絵のようなものが浮かび上がっていた。

「……絵か」

ほんの少し、期待した。

そこに映っていたのは、刺々《とげとげ》しい装飾が施された大きな椅子に頬杖《ほおづえ》をついて、にやりとした笑みを浮かべている——男の姿だった。

椅子はまるで玉座のようでもある。それも、どちらかと言えば悪趣味が過ぎるタイプの。隣にはそんな玉座に座る男に仕えるかのようにして、複数の男女が立ち並んでいた。

——これ、絶対なんか悪いことしてるなあ……。

誰だろうか、この定式化された悪の魔王のごとく振る舞う男は。

雪白の髪。赤い瞳。努めて浮かべているかのようなぎこちない悪人相。

——俺に似てるな、こいつ。

気のせいだろう。メレアは自分に言い聞かせた。

だが、気のせいであることを前提とした上で、この絵の中の男には言いたいことがある。

——お前は役者には向かない。表情の作り方がとても下手だ。

メレアはその未来石を割った。もはや手馴《てな》れてきた割断《かつだん》だ。

——判断しづらい絵を映しやがって……

最後の最後まで自分をあざ笑うかのように絵を浮かび上がらせた未来石に対し、メレアは大きな嘆息を返した。

◆◆◆

「メレア、〈未来石《フューナス》〉使ったでしょ」

「えうっ⁉」

　未来石による『魔王』という宣言を受けてから数日が過ぎていた。

　あれから何事もなかったように英霊たちのもとへ戻り、その日も自前でこしらえた石造りの小屋の傍《かたわら》で術式の鍛錬に勤しんでいると、フランダーが近くに寄ってきて言った。数日前の悄然《しょうぜん》とした様子はいくぶん薄まって、顔にはいつもの微笑がある。

「やっぱり。ちなみになんて出た？」

　そんなフランダーは、どこから嗅ぎつけたのか知らないが、メレアが〈未来石〉を使ったことを知っていた。

「えーっと……え、英雄？」

「メレア、嘘《うそ》つくの下手だよね」

「はい……」

　メレアは観念したようにうな垂れる。正確には、自分の親たる英霊たちに嘘をつくのが苦手だった。ときおり遊びに来る天竜たちには嘘を織り交ぜたわざとらしいおとぎ話をするくらいには口が回る方であるが、相手がフランダーだと特に舌の動きが鈍る。

「予想。——魔王って出たでしょ」

「えっ！　な、なんでわかったの」

メレアが早々に白状すると、フランダーはまた笑った。

「ハハ、少し、予想があったんだ。その予想が最近になってまた一段と僕の中で大きくなってきていてね。クルティスタにごく最近の下界の話を聞いたせいかな」

「どんな話？」

「近頃の下界で、〈魔王狩り〉が流行《はや》っているっていう噂《うわさ》」

「魔王狩り？」

「うん。それがまた、どうにもきなくさいんだ。僕が考えていた以上に、下界の都市国家たちは力に飢えているのかもしれない。――この時代になっても」

フランダーが唐突に居住まいを正して言った。メレアもそれに倣《なら》うようにして、少し姿勢を正す。

フランダーは一息をついてから、意を決したように真面目な表情を浮かべて、言葉を続けた。

「一昨日《おととい》の話の続きをしよう」

〈魔王〉という言葉をめぐるあの話の続き。

しかしこのときのメレアは、話の続きを聞けることにではなく、フランダーが一昨日と言ったことに強い衝撃を受けていた。フランダーとその話をしたのは、正確には四日前の話だ。

――っ……。

メレアはそのとき、漠然とフランダーの霊としての死期を察していた。霊たちの記憶があいまいになるのは、決まって彼らが消える間近のことだった。

「国家間の戦争が盛んになるにしたがって、国家は英雄を魔王に仕立て上げてまでその力を欲しはじめた、というところまでは話したっけ」

「──うん」

「それが繰り返されていって、ついに感覚も麻痺《まひ》し、でっちあげの名目さえまともにつけなくなった。ただ強大である者を、そのまま国家の都合で魔王としてしまうような事態にまで陥った」

フランダーはどこまで話したかを入念に確かめるように、同じ言葉を繰り返した。

「そのあたりまでかな」

「じゃあ、そこからだね」

フランダーが優しげな微笑を浮かべてうなずく。

「実は、そんな魔王のレッテル貼りの基準──つまり、誰を魔王と認定して狩るかの基準──が、今はさらに下がってきてしまっているらしい」

ついにフランダーは続きを話しはじめた。

「理由はいくつか考えられるけど、一つは今までの基準で言う『強大な者』が狩り尽くされてきているからだろう。──あらかた目立った力は吸収した。次はもっと細部、ちょっとした力でもいいから、国家間の戦争に役立つ力を。そんな感じだろうか」

フランダーが肩を落とす。

「戦乱の時代が進んでくるにしたがって、国家も歯止めが利かなくなっているんだろう。国家は人の英知の結晶で、人間の生み出した文明の中で最も偉大なものだ。でも一方で、それは人の欲の集積所でもある。そう簡単には止まらない」

そこまで言って、フランダーは「ともかく」と話を元に戻した。

「僕は、クルティスタからそんな下界の話を聞いて、同時に嫌な未来図を想像してしまった」

次にフランダーの口から放たれた言葉で、メレアは彼の内心の逡巡《しゅんじゅん》をはっきりと捉えた。

「――メレアがその魔王としての基準に引っかかって、いざ下界に下りた途端、彼らの悪意にさらされるのではないかという未来図を」

そう言って、フランダーは苦笑を浮かべた。

自嘲、切なさ、怒り。

その苦笑には、いくつかの感情が乗っているように見えた。


「君が下界に下りると、その身に宿った英霊の力と、メレア自身が積んできた研鑽《けんさん》の力ゆえに、魔王のレッテルを貼られてしまうかもしれない。簡単に言えば、そういうことさ」

なるほど、とメレアは納得した。それでいて、フランダーの苦笑にどうして自嘲や切なさや怒りが映っているのか、わかった気がした。英霊の力という言い方で、それに気がついた。

――フランダーはそれを、自分のせいだと思っているんだ。

「前にも言ったとおり、僕たちには未練があった。君を鍛えたのは、たしかに下界に下りたときに心ない悪意に潰されないため、という名目もあっただろうけど、一方で復讐《ふくしゅう》のためであったり、霊山から下りられない自分たちの代わりになにかをさせるためだったりもしただろう」

メレアはそれを構わないと思う。前にフランダーに言った言葉に今も偽りは感じない。

「そしてそこには、同じくある共通する思いがある」

フランダーが空を見上げて言った。すでに〈魂の天海〉へと昇って行ってしまったほかの英霊たちに、語りかけるようだった。

「君に――英雄になって欲しかったんだ。英雄のまま死にきれなかった自分たちの代わりに、最後まで綺麗《きれい》なままの英雄に。人の悪意という大きな流れにも負けない、理想の英雄に」

フランダーが「夢見がちな子どもみたいだろう?」とまた自嘲気味な笑みを浮かべて言った。

メレアはその言葉に首を振って答えた。

「そんなことないよ。みんな、誰かを救いたかったんだ。そして実際に救ったから英雄と呼ばれた。そこにいろいろなしがらみはあるかもしれないけど、素直に誰かを救いたいと思えた彼らを、俺は尊敬する」

「ハハ、そんなにまっすぐに褒められたら、タイラントなんかは『そんなつもりじゃねえよ』って照れ隠ししそうだね」

メレアの脳裏に、あの大男の豪快な笑い声が蘇《よみがえ》った。

「まあ、僕たちは僕たちで、各々時代こそ違えど、なかなか壮絶な人生を歩んできている。だから、そういう理想の英雄になることがとても難しいことだって頭ではわかっているんだ。でも――」

フランダーが視線を空から下ろし、今度はまっすぐに霊山の向こう側を見据えた。

「諦めきれなかったんだ。本当は、英雄のまま終われなくたって構わない。でもせめて、もう少し平穏に、そしてもう少し長く――」

一拍をおいて、フランダーが言った。

「――生きていたかった」

フランダーのその一言は、メレアの中に強く響いた。メレアはかつての自分の生を、思い出していた。

「でも、やっぱり君に僕たちのそういう夢を背負わせるべきではなかった。そのせいで君は、逆に魔王として追われる可能性を負ってしまった。僕たちはもっと早くにこのことに気づくべきだった。……いや、心のどこかでは気づいていたはずなのに、止められなかったんだ」

そのときメレアは、フランダーが自責の念に苛《さいな》まれていることに気づくも、とっさにどう反応したらいいかもわからなくて、沈黙した。最初は「別に、俺はそれでも構わないよ」と、そう安心させるつもりだったが、

――たぶんフランダーは、外側からなにを言ってもこの表情を崩さないだろう。

自嘲と後悔の滲《にじ》んだフランダーの苦笑に、触れがたい苛烈さのようなものを見て、とっさにその言葉を言えなかった。

「……ちなみにさ、それって魔王と認定されるような力を自分から捨てれば、国家も追ってこないんじゃないの？」

それから少し経《た》って、メレアはどうにか頭を働かせ、話をそらすように言った。

「どうだろう。彼らは魔王の血にすら可能性を見ているから。それに、物事の順序に大きな問題がある。先に国家が魔王の力を求め、彼らを血眼になって追ってしまっているから、魔王たちもなかなか自分を無防備にはできない。『本当に力を捨てたら彼らは自分を諦めてくれるのか？』そんな猜疑心《さいぎしん》と恐怖心が彼らに力を捨てることを難しくさせている」

たしかに、追われている状態で力を捨てるのは怖い。

そんなふうに力に囚《とら》われている国家は、なにをしてくるかわからない。武器を捨て、力を捨てたって、身体を解剖させろとか、そんなことを言ってくるかもしれない。

「じゃあ、今下界で魔王と呼ばれている者たちは、そうやって迷いながら、必死で逃げまわっているのかな」

「逃げられるうちは、そうかもね。肉体的にも、あとは――精神的にも」

フランダーが肩をすくめて、対するメレアは眉根を寄せた。

「魔王は逃げている、か。もうどっちが魔王だかわからないな」

「言えてるよ。でも君も、彼らと同じように追われる側になる可能性がある」

フランダーが危惧している未来図はそれなのだ。メレアとてそのことはもう十二分にわかっている。

「だから、もし、もしそうなってしまったら――」

と、次の瞬間、フランダーは珍しく静水の佇《たたず》まいを崩して、迫るような勢いでメレアの両肩に手を置いていた。そうして手に力を込めて、ぐいと肩を引き寄せながら、メレアの身体を正面に振り向かせる。その状態で、フランダーは言った。

「――君は、その魔王たちと協力しなさい」

字面だけを見たら、ひどいものだ。

特に、昔の時代の、悪徳の化身であった魔王しか知らない者が聞いたら、『お前はなにを言っているんだ』とフランダーをたしなめたかもしれない。

だけど、かつてと今は違う。その名の意味も、きっと変わった。――変わってしまった。

メレアはフランダーの言わんとすることに、気づいていた。

そしてだからこそ、その思いに対する自分の答えは決まっていた。

「彼らが本当に悪徳の化身ではなくて、どうしようもない魔王という言葉の呪縛に囚われていて、それで、助けを求めていたのなら――」

本当に心の底からそう思えるかは、実際に彼らと出会ってみなければわからないかもしれない。むしろ、話を聞いただけでそんな答えを出せてしまうのは、どことなく無責任だ。

でも、言葉の上で、決して偽りなくそう答えられるくらいには、フランダーの話に関して真面目に考えているつもりだった。

「そのとき俺は――魔王にとっての英雄を目指そう」

そして今は、こうして目の前で心配そうな顔をしているフランダーを、安心させてやりたかった。

英霊たちの最初の願い。誰かを救う、英雄になってほしい。

英霊たちの最後の願い。魔王と協力してでも、生き延びてほしい。

そのどちらをも、叶《かな》えてやりたかった。

「もし協力することになったら、俺も彼らに守ってもらうさ。彼らにも魔王と呼ばれるくらいの力はあるのだろうし、もちつもたれつ、ってやつだな」

そうすればきっと、フランダーの心配も少しは緩和されるだろう。

「――うん」

フランダーはまたあの複雑な苦笑を浮かべていたが、今は少し、そこに嬉《うれ》しげな色も混ざっているように見えた。

◆◆◆

「さて、またいつこういう話ができるかもわからないから、君が聞きたいなら――最後に僕の話でもしておこうか」

不意にフランダーが言った。メレアはこのとき、少し迷った。

フランダーの過去は当然気になる。しかしフランダーにこれ以上話させることは、彼にとってつらい過去を振り返らせることにほかならないのではないか。

「今は、君の持ち前の好奇心に素直に従っておいたほうがいいよ。メレアは優しいから、いろいろと相手の気持ちを慮《おもんぱか》ってしまうのだろうけど、少なくとも僕との間では、そんな遠慮はいらない。家族だからね」

また、フランダーにすべてを見透かされる。

「……じゃあ、聞かせてくれ」

結局メレアはうなずいた。

「うん。——もうわかっていると思うけど、かくいう僕も、英雄から魔王になった男だ」

フランダーの話はそんな一言からはじまった。

〈術神〉の過去が、明らかになる。

「端的に言えば、僕はとある魔王を討ったあと、別の魔王として認定され、そして殺された。かつての仲間たち——母国の仲間たちに」

フランダーはまるで、今まで吐き出せなかったことを今になって吐き出してしまおうと決心したかのように、どんどんと言葉を並べていった。

「魔王を倒したあと、彼らはさらに僕の力を求めた。僕の特化した力は、戦乱の時代においてとても有用なものだった」

〈術神の魔眼《フランダー・クロウ》〉。術式を一瞬で解明するその力。そこにたしかな理解力と術式能力が合わされば、その者は瞬く間に優秀な術師となるだろう。〈術神〉と呼ばれたフランダーは、おそらく当代随一の術師だった。ほかの英霊の話からも、そのことは容易に推測できる。

「術式はいつの世でも脅威だ。肉体的な力だけで戦う者と違って、術師はとても簡単に強い攻撃を行ってしまえる。事象を式で表せるというこの世界の理《ことわり》は、争いの大規模化に大きく貢献してしまっていた」

大砲を作らずに、もっと手軽な方法で大砲を撃ててしまうような側面が、たしかに術式にはある。

「戦術上も戦略上も、術師は強大で使いやすい。そんな術式を得意とし、それでいて敵の術式に対する特効的な眼《め》を持っていた僕は、彼らにとって喉から手が出るほど欲しい道具だった」

フランダーは大きく息を吸って、それから続ける。

「でも、僕は彼らの道具になるのを拒んだ。彼らにまったく非のない国家を滅ぼしてこいと言われたけど、僕はそれを断った。僕は母国の救済のため――当時近くで暴政を振るっていた魔王を退けるために術式の力を研鑽した。決して、まったく罪のない国を侵略するためじゃない」

フランダーの目は真剣だった。

「結局、それがきっかけになった。気づいたときには、僕は魔王と呼ばれるようになっていた。……人の意思は見えない。本当に、いつの間にか、そうなっていた。集団の意思というのは、暴流のようで……本当に、おそろしいものだと知った」

フランダーの手がわずかに震えていた。それでも彼は、努めて顔に笑みを浮かべていた。自分を奮い立たせるような、そんな笑みだった。

「僕はきっと、一番初めに英雄から魔王になった男だろう。そしてあの転換期を作ったうちの一人でもある」

そのときにようやく、メレアは一番初めにとある国家に目をつけられた英雄が、〈フランダー・クロウ〉その人であることに気づいた。でっちあげの名目とともに、悪魔の獣皮を被《かぶ》せられた、あの英雄である。

またメレアは、フランダーがみずからの矜持《きょうじ》のために母国の理不尽な命令を拒否したことを知って、心の中で深くうなずいていた。

——本当に、フランダーは英雄だったんだね。

彼は高潔だった。

フランダーの生き方は、戦乱の時代に突入しようとしていた当時において、不器用な生き方だったのかもしれない。言ってしまえば、甘い考えだったのかもしれない。おそらく、ただ生き残るためなら、フランダーは母国の命令に従ってその国家の英雄になるべきだった。

でも、フランダー・クロウは馬鹿みたいにまっすぐな道を選んだ。

その道が、フランダー・クロウの信ずる英雄としての道だった。

「それから一悶着《ひともんちゃく》あって、最後には毒を打たれたんだ」

不意に、フランダーは自嘲気味な笑みを浮かべた。

「これがまた、徐々に効いていくいやらしい毒でね。わざわざ遅効性の毒を使ったのは、解毒薬を対価に僕と取引をする時間が欲しかったからかもしれない。ともあれ、それに気づいたときにはだいぶ毒が廻《まわ》っていた。僕はまだ彼らを仲間だと信じていたから、毒に気づくのもずいぶん遅かった。いや——本当は気づいていたけど、自分でそれを信じられなかったんだ。そんなときにまで彼らが改心してくれると信じていた僕は、とても若かったし、とても甘かった」

それでも、

「そんな無残な最期を迎える寸前になっても、あの命令を断ったことに後悔はなかったよ。……うん、今でもそう言える」

——すごいよ、あなたは。

メレアはそんなフランダーに育てられたことを誇りに思った。

「彼らを本当の意味で説得できなかった未練と、毒に気づけなかった未練はあるけれど、貫いた生き方に後悔はない。――で、毒が廻って、残された時間がほとんどなくなったから、僕は最後にやるべきことを急いで行うことにした。僕の眼が彼らに奪われれば、それがまた戦の火種になる。それに僕としても、自分の眼を好き勝手に使われるのはやっぱり癪《しゃく》だった。だから、なかなか人の寄りつかないこのリンドホルム霊山に毒を宿したまま登って、眼を山頂に置いた。僕はあまり身体が剛健な方ではなかったから、あのときの自分は今でも褒めてやりたいね」

フランダーはからからと笑って、最後にこう締めくくった。

「そうしてそれを達成したあと――ついに僕は死んだんだ」

フランダーは今でこそこうして笑っているが、その死にざまはまさしく壮絶だ。メレアはフランダーの話を聞いて、胸にちくりと痛みが走るのを感じた。

「それから霊になって、自分の眼を友たるほかの英霊たちと守り続けた。おかげで無事、僕の眼はメレアの身体に宿った。――僕にも子どもがいなかった。そんな僕にとってメレアは息子のようなものだ。だから僕としては、メレアに眼を継ぐことができて嬉しく思う」

フランダーの嬉しげな横顔が、メレアの目に焼き付いた。

「もう、普遍的な英雄は存在しえない。もともと普遍的な英雄なんて存在しないのかもしれないけれど、少なくとも今の時代の英雄は、昔よりもずっと多様化し、細分化されてしまっている。どこかの国にとっての英雄は、敵対するほかの国にとっては魔王だ。そういうことがよく起こりえる時代になってしまっている」

英雄とは――何なのだろうか。いつか魔王に対して浮かべたのと同じような疑問が、いまさらながらメレアの心に浮かび上がっていた。

「だけど、それでも、僕の眼を継いでくれたメレアが、誰かにとっての英雄になってくれればいいなと、そう思う。大きな英雄じゃなくてもいいんだ。みずからの矜持にともなった誰かを守ってやれる、小さな英雄でも」

――俺はそれで、本当にあなたたちに報えるのか。こうして自分を育ててくれた、あなたたちに。

「メレア。もう報う必要はないんだよ。君はすでに十分僕たちに報いている」

不意に、フランダーがそれまでの独白の形《なり》を崩して、視線をメレアの方に向けながら言った。

まるで自身の胸中をすべて見通したかのような言葉に、メレアは最初驚いたが、ややあって奇妙な納得を得てしまう。

「僕たちの未練を断ち切ってくれたことそのものが、僕たちにとってのなによりも大きな贈り物だ。君は気づいていないかもしれないけど、ここにさまよっていた英霊たちが呪縛から逃れることができたのは、間違いなく君のおかげだ。君の魂が世界を渡り、僕たちに育つ姿を見せてくれなければ、僕たちはまた何百年もこの地をさまよっていただろう。擦《す》れた未練を胸に、痛みだけを引きずって」

メレアは何も言えなかった。

「だからメレア。これから君は、君がなしたいと思えることを自分で見つけなさい。魔王として追われる可能性を作っておきながらこんなことを言うのは、僕たちの大変な身勝手だってわかっている。でも、それでもあえて言おう。――君はこれから、自分の道を自分で探しなさい」

「俺は……」

実のところ、メレアには英霊の望みに寄りかかっていた節《ふし》があった。今も、きっとそうだ。

転生してから下界を知らず、英霊の話す昔話と、ときたまやってくる天竜の断片的な世相話によって価値観が形成されてきた。継いできた記憶と経験によって、転生当初より形成されていた人格はあったが、あくまでそれだけだった。

メレアにはこちらの世界に生まれてからの、世界に対する衝動がない。

「それが君に与える最後の課題。なにも焦る必要はない。君には多くの時間がある。その何かを見つけるまでに、まずは生き残ることが先決だ。だから僕は君に、『生き残れ』という使命も課す。世界に潰されないように、僕はそれを願っている」

フランダーはそう言って、仄《ほの》かな笑みを見せた。

それを最後に、メレアとフランダーは会話を切った。

◆◆◆

「僕もそろそろかな」

「よくぞここまで持ったな、フランダー」

「ハハ、我ながら自分の執念に驚くよ。いっそかつての未練なんかよりこっちの方がずっと強烈だ。……メレアはちゃんと、生き残ってくれるだろうか」

「メレアなら大丈夫だろう。力という点ではな。問題はあいつに生きる意志があるかどうかだ。いや、今はあるのだろうが、お前たちが消えたあとに、ちゃんと立ち直れるかだ」

「大丈夫だよ。メレアは生きることそのものには本気だ。一度死んでいることが、そういう生への執着心に影響しているのかもしれない」

「……そうだな」

「一つ、聞かせてくれないか」

「なんだ？」

「天竜クルティスタは、メレアの友人なのだろうか」

「――さあな。それは私とメレアの秘密だ」

「ハハ、その答えで十分だよ」


リンドホルム霊山の山頂に吹く風がひときわ荒れ狂っていた時分。霊山の一角で、一頭の天竜と四肢が消えかけの英霊が会話をしていた。――クルティスタと、フランダーだ。

「君が何かを意図的に助けるというのは、君の矜持に背くことなのかもしれない。ただ、それでも僕は君に頼もう。――メレアを見ていてやってくれ。僕はもう彼を見守ることができそうにない」

「見守るだけでいいのか」

「見守って、もしメレアがつらそうにしていたら、助けてやってくれ」

「私としてもメレアのことはそれなりに好いている。メレアから聞く向こう側の世界の話もなかなかに興味深い。人柄もまあ、嫌いではない。……そうだな、私の気が向いているうちは、という条件付きでいいなら、見ていてやろう。お前とは生前からの付き合いもあるからな」

「恩に着るよ」

フランダーの脚はすでにほとんど消えかけていた。

「……行くのか」

それをちらと見たクルティスタが、短く訊《たず》ねた。

「そうだね。僕で――最後かな」

「ほかの英霊は？」

「たぶん、別の場所で行ったと思う。気配がもうない。みんな考えることは同じだね。メレアに見送られるのが気恥ずかしいんだよ」

「変に強情なやつらだな」

「英雄は意志が強いからね」

「下手な皮肉だ」

フランダーの腕が消え、その相貌がついにぼやける。

フランダーの顔には、いつもの微笑が映っていた。優しげで、少し困っているようで、どこか切なさを映す、不思議な微笑。

「メレアに『勝手に行ってごめん』と伝えておいてくれ」

「それだけでいいのか」

「『ありがとう』とは、もう書いておいた。初めてメレアが目覚めたあの場所に、言葉を」

「そうか」

「ああ、あと、〈魔王狩り〉の件、もう一度メレアに伝えておいてくれないか。一応僕も説明はしたけど、何度してても足りない話だから」

「わかっている」

クルティスタのうなずきのあと、フランダーはわずかに顔をうつむける。

「たぶん、メレアは魔王と見なされるだろう。君の話では、なにか一つでも特化した力や特殊な力があるのなら、それだけで魔王のレッテルを貼られるような時代になっているというし」

「ああ。お前の時代よりもひどい。レッテルを貼る基準が下がりきっているのだ。今の時代だったら〈術神の魔眼〉を持っているだけで魔王に認定されるだろう。それが独自の能力で、戦乱に役立つ力であるのなら、ほかが脆弱《ぜいじゃく》であってもかまわない。そんな話だ」

「やりたい放題だね」

「強い者がより強い力を手に入れるために、魔王という言葉が便利に使われているのだ。それを認定するのが力を持った国家だから、また性質《たち》が悪い。違うと言っても潰される」

クルティスタは重い響きを声に漂わせていた。

「本当に……便利な言葉だよ。たいそうに見えて、実は中になにも詰まっていない。本当の意味なんて存在しない。それをわかっていても、口にできない」

「勝たなければ声も通らぬ。それが戦乱の時代だ。何度目の周流かはもう覚えていないが、いつだってそうだった。逆に、勝てばそれがまかり通るのだ。こういう時代に強国に対して真っ向から文句をつけられるのは、同じく強い国か――あるいはとてつもなく馬鹿で甘い国かのどちらかだ」

「馬鹿で甘い国、ね」

「よく言えば、矜持を貫く姿勢は気高いとも称せる」

「――うん」

そのときクルティスタとフランダーは、とある国の名を脳裏に思い浮かべていた。

「なら、強国に追われる魔王たちが逃げ込むべきは、きっとそういう国だね」

「逃げ込めればな。そして逃げ込んでからすぐに潰されなければ、だ。もしそんなふうに抗《あらが》える国があるのなら、たしかに魔王たちにとっての居場所たりえるだろう」

「じゃあ、その居場所たりえる可能性がある国を、メレアに伝えておいてくれ」

「こんなときまで含むような言い方はやめろ。もし私が頭に浮かべている国がお前の言う国でなかったとき、笑い話にもならん」

クルティスタが翼をすくめる。

「ハハ、それもそうだ」

フランダーは霧のように空気に紛れはじめた相貌を揺らして、かすれるような声で言葉を紡いだ。

「メレアが魔王と認定されて、そのとき居場所に困ったら——大陸の東にある〈レミューゼ王国〉を目指すように、と伝えておいてくれ。あそこがまだかつての甘さを胸の内に残しているのなら、きっとメレアの助けになってくれる」

クルティスタは自分の脳裏に浮かべていた国の名前と、フランダーが口にした国の名前が同じであることを確認し、安心するように息を吐いた。

「レイラスの、故郷だな」

「……そうだね」

「訊《き》かんのだな」

「なにを？」

「今、あの国がどうなっているか」

クルティスタの言葉に、フランダーは小さくうなずいた。

「——うん。たとえどうなっていても、今の話でクルティスタが僕と同じようにレミューゼ王国の名を思い浮かべたのなら、きっとそこが一番メレアの居場所たりえる可能性が高いのだろうって、予想したからね」

そんな答えを聞いたクルティスタは、竜顔に苦笑の色を漂わせながらため息をつく。

「まったく、消えかけのわりによくまわる頭だ」

「まあね。それに、レイラスの故郷でも、今は今の時代のレミューゼ王の国さ。そこに一番可能性があるってわかっただけで十分。むしろ、変なことを聞いちゃうと中途半端に未練が残りそうでね」

「そうか」

「僕たちは本来時代に干渉するべき存在じゃない。だからあとは、今を生きる者たちに任せよう」

ふと、フランダーの身体が揺らぎ、顔が空を見上げた。クルティスタもそれに倣うようにして、同じく空を見上げる。

「それにしてもレイラス、先に行っちゃうんだもん。夫をおいて先に行くってのも、なかなかやってくれるよね。もともと落ち着きないところはあったけど」

ほとんど表情は見えなくなっていたが、たしかにフランダーが空に向けて苦笑を放ったようにクルティスタには見えた。

「レイラスはあんな麗人ふうの見た目のわりに本当に落ち着きがなかったからな。あれは竜である私の目から見ても美の結晶とばかりに美しい人間だったが、中身は無邪気な子どものようであった。公の場で演説させるときなどえらい大騒ぎだったな」

「あのときはクルティスタも空から見てたんだっけ」

「そうだ。終始ハラハラしっぱなしだったぞ」

「アハハ、周りにいた僕たちはもっとそうだったさ」

「まあ、最終的になんとかうまくいって一安心とはなったが。——そういえばどことなく、メレアはレイラスに似ている気がするな。改めてレイラスの話を思い出すと、そう思えてくる」

「そうそう。僕もそう思ってた」

フランダーが懐かしむような声音を空に響かせる。クルティスタもまた、懐かしむような目を空に向けていた。雲の向こうの天海にまで届けとばかりに、二人は空へ思いを馳《は》せていた。


「――」


そして、数秒の沈黙があった。

風が止《や》んで、世界の時が止まった気がした。

それでもやっぱり――別れの時はやってきた。


「――さて、僕もそろそろ彼女のもとに行くよ」

「……ああ」

天竜クルティスタの瞳が、一度だけ水面《みなも》のように揺蕩《たゆた》った。

「じゃあ、またいずれ。〈魂の天海〉で会うことがあれば」

「――必ずや」

そしてフランダー・クロウは――空に昇るように消えていった。

「未練に囚《とら》われた魂よ、今こそ呪縛を解き放ち次の場所へ。……さらばだ、旧時代の英霊たちよ」

その日、メレアの知らない場所で、長い時をリンドホルム霊山でさまよっていた亡霊たちがその未練を断ち切って空へと昇った。

メレアは彼らが行ってしまったことを、数時間後に知る。

◆◆◆

メレアが霊山に建てた石造りの小屋の中でぼうっとしていると、ふと外から聞きなれた天竜の声が響いてきていた。

小屋から出て、いつものように悠然とした身を屹立《きつりつ》させるクルティスタを出迎える。

そこで、メレアはフランダーたちが行ってしまったことを聞いた。

「――」

メレアが最初に見せた反応は、凍りついたような停止であった。

まるでメレアの時間だけが止まってしまったかのように、口はほんの少し開いたままで、言葉すら漏れず、ただ呆然《ぼうぜん》とするように、立ちすくんだ。

しかし、そんな停止があってまもなく、メレアの顔に浮かんだのは――あのフランダーの微笑によく似た不思議な笑みだった。さまざまな感情が混ざりあっているかのような、あの微笑。

天竜クルティスタには、その笑みを浮かべたメレアの顔が、フランダーと重なって見えた。

「――わかってたよ」

メレアが振り絞るように放った声は、少し震えていた。一方で、言葉ははっきりとしていた。

「俺だって、伊達《だて》にフランダーたちと十数年も付き合ってないからね。ずっと彼らとともにいたんだ。だから……わかるとも。みんな……照れ屋だから……ね……――」

言い切る前に、メレアが顔をうつむける。そのときにメレアの瞳から透明な雫《しずく》がこぼれ落ちたのをクルティスタは見逃さなかった。
そしてまたメレアも、勝手に自分の瞳からこぼれた雫が地に降っていくのを、静かに見守ってい
た。こぼれた雫の表面には、これまで自分を育ててくれた英霊たちとの思い出の数々が、模様のよ
うに浮かんでいた。
「……彼らは、俺にとっての英雄だったんだ」
雫が、足元の白い雪の中に染み込んでいく。メレアはどうしようもない胸の内の感情をなんとか
整理するように、口から言葉を吐きだしていた。
「彼らは、俺を救ってくれたんだ。ただ朽ちて、枯れるばかりだった俺に、夢を見る機会を与えて
くれた。こうして動ける身体をくれただけでも、俺にとっては望外だった」
メレアは自分の手のひらを見つめながら、小さく笑う。いつの間にかメレアの目元には次の雫が
浮かんできていて、次第次第にその顔を涙色に染め上げていった。
「クルティスタは知らないかもしれないけど、身体から魂が抜けていく瞬間って、すごくあっけな
くて、それでいてすごく――さびしいんだ。未練なんかないって、そうやって割り切ったはずなの
に、あの瞬間のさびしさのせいで、いろんなものを思い出してしまう」
「……お前はそのとき、なにか思い出したのか？」
「ほんの少し。……ちょっとだけ」
メレアは顔をあげた。そこには眉尻を下げた、困ったような笑みがあった。目元からはとめどな
く涙があふれていたが、まるで空にいる英霊たちを安心させようとするかのように、メレアはほの
かな笑みを浮かべていた。
「――いつもみんな俺より先に行く。みんな、俺より先に行ってしまうんだよ、クルティスタ」

メレアはかつての生を思い出していた。そして今の生に重ねてもいた。それはしかたのない時間の摂理でもあったけれど、メレアの脳裏にはそんな時間の残酷さばかりが刻み込まれていた。

「ああ……。だが、フランダーたちはすでに死んでいたのだ。本来残るべきでないものが、残ってしまっていたのだ」

「それもわかってる。でもやっぱり、それでも――」

メレアはついに、その笑みを崩す。押し寄せてきた感情の波は、メレアに取り繕う余裕など与えなかった。あとはその奔流に流されるままに、思いを吐き出すことしかできなくなった。

「俺は彼らに……生きていてほしかった……っ！」

死んでいても、彼らはここにいた。別に、どんな状態でもよかった。

きっとそれは自分のわがままだろうけど、やっぱり彼らには、生きていてほしかった。

自分が帰るべき場所で――待っていてほしかった。

「っ――！」

メレアは膝をついて空を見上げた。その向こう側に、英霊たちの姿を探した。

それでも目には、影すら映らない。映るのは、憎らしいほどに透き通った青い空ばかりだった。

彼らは行った。きっと目には映らないずっと向こう側の天海へと、帰っていった。

メレアはそのとき、初めてそれを受け入れる。――慟哭《どうこく》が、腹の底からやってきた。

白い雲の向こう側へ、ただ嗚咽《おえつ》交じりの声を飛ばし続けた。

ひとしきり感情を吐きだしたあと、メレアは目元を服の袖でぬぐって、クルティスタの方に向き直った。クルティスタは律儀にもメレアが泣き止むまで待っていてくれて、いまだに竜にはそぐわぬ優しげな瞳をメレアに向けていた。

「これから、みんなの墓を作るよ。そうしたら——下界へ下りようと思う」

「そうか。墓か」

メレアはそんなクルティスタに心の内で感謝しながら、決意を伝える。

「みんな古い時代の英霊だからね。忘れられてしまった者もいると思う。でも、彼らがたしかに誇り高い英雄として生きた証を、この世界に立てておきたい。裏切られても、失敗しても、それでも俺に英雄になってほしいと願ったくらい、彼らは誰かへの救済心を持っていた。俺はそれを、すごいことだと思う」

「そうだな。おひとよしばかりだった」

「だから、彼らがたしかに英雄であったことを、ここに記しておく。彼らの思いだけは、決して風化させない」

「ならばそのあと、お前は下界に下りてなにをする？」

「……わからない。わからないけど、彼らの願いに沿ったなにかができればと、そう思う」

メレアの漠然とした言葉に、クルティスタは鼻で息を吐いてから答えた。

「今の世は戦乱の色が濃い。普遍的な価値観どころか、世界一般の価値観すらないだろう。ゆえに、フランダーたちが最初に求めた普遍的な英雄は、もはや存在しえない」

「わかってる。フランダーもそう言っていた。だから俺は、俺が守りたいと思えるものにとっての英雄であろうと思う。——彼女たちも、せめて自分の守りたいものは守れるようになれと言っていた」

あの反転術式の鍛錬のあとに消えていった三人の女英霊の言葉が、メレアの脳裏に蘇《よみがえ》っていた。

「そうか。ならば私は、そんなお前が亡霊以外にとっての英雄になれることを祈っておこう」

「うん、ありがとう、クルティスタ」

「少し皮肉を込めたつもりだったのだが」

「クルティスタの皮肉は俺を思ってのことだろう?」

メレアがすかさず返した言葉に、クルティスタはきょとんとした表情を見せる。しかしすぐに楽しげな笑みを浮かべて答えた。

「ハハ、相変わらずそういうところは可愛《かわい》げがないな、お前は。……まあいい、私もお前とは長くともにいすぎた。——少し情が移った。それだけのことだ」

クルティスタは照れ隠すように短く言って、ついにその双翼を大きく広げた。

「さて、雲がまた昇ってきた。そろそろ私は行くとしよう」

「うん」

霊山の山頂から見上げた空に、また雲が掛かろうとしていた。

「ではな」

「うん。また、いずれ」

「——ああ」

天竜クルティスタはそう言い残して空へと消えた。

メレアは一人、リンドホルム霊山の山頂に残る。

〈メレア・メア〉はその日——ついに独りになった。

第三幕【二十二人の魔王】

一人の女が、リンドホルム霊山《れいざん》を登っていた。

くたびれたローブを寒風になびかせながら、山頂までの距離を測るように空を仰ぐ。空を貫かんと背を伸ばす霊山は、思っていたよりもずっと雄大だった。

「険しい山だな」

「それにしても、『魔剣を渡してお前は死ね』とは、ずいぶん横暴を言うものだな。……挙句《あげく》、それが世のためだと？　いまさら魔王としての血を掘り返して正当化か」

広がりのある景色が、女の口紐《くちひも》を緩める。誰にでもなく、彼女はいまいましげにつぶやいていた。

〈エルマ・エルイーザ〉。それが彼女の名だった。

そして彼女は――〈剣帝《けんてい》〉と呼ばれた魔王一族の末裔《まつえい》でもあった。

「しかし、追い込まれた。霊山に登っても得体のしれぬ霊体がはびこるばかりで、なにがあるわけでもない」

あわよくば、山頂に伝説の聖剣でもなんでも置いてあって欲しい。それ一本あれば世界を変えられるような、そんな夢の聖剣。

「バカだな、私は。私の手には魔剣しかない。実直で、ただ斬ることに特化した、命を喰《く》らう魔剣しか……」

エルマは、叶《かな》わないとわかっている幻想を未練がましく脳裏に浮かべていた。それに縋《すが》るくらい、彼女は追い込まれていた。

とある都市国家でしがない傭兵《ようへい》をしていた。リンドホルム霊山の東にある国だ。戦乱色の強くなった今の世界では、傭兵は需要がある。

そしてまた自分の身体《からだ》も、どうやら戦いに向いているようだった。

——これも〈剣帝〉の血のおかげだろうか。

自身の家名と、それに付随した魔王としての〈号〉が没落してから、ずいぶんと時が経《た》つ。〈剣帝〉という魔王の号はすり切れ、いったんは人々の記憶から姿を霞《かす》ませていた。

しかし、その号の由縁ともなった一振りの魔剣は、いまだに世界に存在している。〈魔剣クリシューラ〉。かつてただひたすらによく斬れる剣を求め、そのために数多くの先祖の命を費やした結果、その魔剣が生まれた。

そうして魔剣を振りかざし、確固たる武力を誇ったエルイーザ家最盛期の当主は、〈三八天剣旅団《さんはちてんけんりょだん》〉というたいそうな傭兵集団の長《おさ》として勇名を轟《とどろ》かせていた。三十八人、三十八本の剣が、出陣に際しての儀式で一斉に天に掲げられることからそんな名がついたという。

それでも、そんな傭兵集団の長は、ある日から魔王と呼ばれるようになった。

——傭兵であったことが仇《あだ》となったな。

きっかけ。かつて雇われ、味方として所属した勢力と、二度目の戦場で敵として相対したのだ。

傭兵は金を払われれば力を貸す。傭兵はそういう仕事を生業《なりわい》とする者だ。それを戦いに溺れていると揶揄《やゆ》する者もいるだろう。しかし、戦乱の時代にあって、独自の軍隊を持たない国家からすれば、金で戦力を提供してくれる傭兵はありがたい存在でもあった。

ゆえに、傭兵は金に正直でなければならない。金以外に影響されやすい傭兵は、むしろそういう国家からしたら信用しがたい存在だ。

だから、そのときも彼らは傭兵であるという矜持《きょうじ》のもと、金に正直であろうと思った。

いうなればその相対は、しかたのないものだったのだ。だが――

――最初に雇われた側の勢力は、今度は敵として現れた彼らを、裏切り者と呼んだ。

優れた暴力を誇っていたそのときの先祖は、その力ゆえに、魔王に認定された。今の時代、魔王という呼称はさまざまなとってつけたような理由で誰かに貼り付けられるが、自分の先祖の場合はそれが決定的な理由であった。

――恨むべきか、恨まぬべきか。

気持ちはわかるが、その時代に貼られた魔王というレッテルが、今の自分にも影響を及ぼしている。

「……いや、結局は私も、みずからで魔王の名を継ぐような選択をとってしまっているのだ」

エルマはふと、自分にそんな言葉を投げかけた。

◆◆◆

気づけば山頂がぐっと近づいていていた。

やがてエルマは、リンドホルム霊山の山頂にたどり着く。

そこには一人の男がいた。綺麗《きれい》な雪白色の髪を宿した――超俗的な容姿の男だった。

男は不思議な白い炎で石を焼き切り、なにかを造形していた。

造形したそれは武骨な細長の長方形で、その表面には文字が刻まれている。

今度はそれを地面に挿し込んで、まるで墓のように突きたてていた。

——名前か？

「……」

エルマは山頂にいた男を観察しつつ、一歩を踏む。

ジャリ、という音がなって、しかし男はこちらを振り向かない。

——木偶《でく》か。幽鬼《ゆうき》のたぐいか。

「ごめんね。今ちょっと手が離せないから、もしなにか用があるなら待っててくれないか」

そう思っていたら、男の方から声が飛んできた。急な反応にひゅっと息が引っ込む。

「……生身の人間か？」

意を決してエルマは訊《たず》ねた。

「そうだよ」

「それは？」

「俺を育ててくれた人たちの墓さ」

誰かの墓を建てる。仮に男が霊であったら、死者が死者を弔っていることになる。なんだかそれは、おかしな話だ。

——ならば、生きている人間だろう。

そういう変な確信が、このときのエルマにはあった。

男の作業は、それからも淡々と、そして延々と続いた。

——いったい何人分の墓を作るのだろうか。

エルマは魔剣を地面に突き立てて、ローブを風に揺らしながら、男の様子を観察していた。

やはり男は一心不乱に、人差し指に纏《まと》った白く輝く炎で石を焼き切っている。

「いったいいくつの墓を作るんだ？」

エルマはついに耐えきれなくなって、男に訊ねた。

「百個」

「ひゃ、百っ……」

思わず声が上ずる。その数に端的に驚いてしまった。

「……」

エルマは驚愕《きょうがく》を顔に映したまま、またしばらくの間沈黙する。

しかし、最終的に、

「よければ、私も手伝おうか。こうやってリンドホルム霊山に登ってきたはいいが、特にすることもないのだ」

そんな提案を口にしていた。理由に関しては半分嘘《うそ》で、半分本当だった。

自分はこの腰に帯びた〈魔剣クリシューラ〉を求める輩《やから》に、しつこく追われている。だから、逃げることを優先するなら、ここを素通りして西へ逃げるべきだ。

「ホント？　——嬉《うれ》しいな。じゃあ、手伝ってよ」

だが、男の嬉しげな声を聞いたとき、そういう考えは頭の中から消えた。今だけはこのためだけに霊山に登ってきたのだと、エルマは自分に言い聞かせることにした。

「なにをすればいい？」

「そうだな……、なら、名前を彫った石を、順番に地面に立ててくれるかな」

「ああ、わかった」

それからエルマはローブを脱いで、地面に刺した魔剣の柄《つか》に巻き付けた。ローブの中は少し薄着なので、山の風が肌寒く感じられるが、動いていればすぐに温まるだろう。

「──あ」

「ん？」

すると、男が突然動きを止めて、ようやくまともに視線を向けてきた。初めて、正面から顔を見る。

「俺、メレアっていうんだ。〈メレア・メア〉」

無邪気そうな笑みとともに言った男は、不思議な赤い色の瞳を持っていた。

「私は〈エルマ・エルイーザ〉だ。歳《とし》も近そうだし、エルマと呼び捨てにしてくれ」

「俺もメレアでいいよ。じゃあ、よろしく、エルマ」

「ああ、よろしく」

名前以外には、なにも訊《き》かなかった。深く訊いてしまうと、このなにも考えずにいられる不思議な空間が壊れてしまいそうで、墓石がすべて出来上がるまでは黙々と作業に勤《いそ》しむことにした。

──こうして無心でなにかをするというのも悪くないな。

それは現実逃避だったのかもしれない。

でもエルマは、この状況を心底から楽しみはじめていた。

◆◆◆

抱けば壊れてしまいそうな華奢《きゃしゃ》な身体の少女が、リンドホルム霊山を登っていた。

「登れる……かな」

すでにずいぶん登ってきてしまっていたが、まだ少女の胸には不安があった。

この道が一番なだらかであることは自身の魔眼で確認していたが、山道であることに変わりはない。平坦《へいたん》な道よりはずっと険しい。

「この眼《め》が、なかったら、もっと――」

つらかっただろうか。それとも……楽だったろうか。

〈天魔《てんま》の魔眼〉。少女の眼はそう呼ばれていた。

遠視能力をもたらす魔眼のたぐいだが、視点が上方からのものに限られるため、〈天魔〉と呼ばれた。

いわく、天に住む魔物の眼である、と。

これのせいで、自分の一族は〈魔王〉に認定された。

遠視は人の見られたくないものを見通してしまう。どうやら彼らはそれをおそれたようだった。

彼らとは、かつて自分たち一族の力を貸してほしいと願い出てきた者たちだ。

彼らは最初こそ遠視の力を貸すことで喜ぶが、のちのちその脅威性に気づいて不安を抱く。

特に、一度接点を持ってしまったことを不安がる。

この魔眼は悪いものだ。人との関係を持つに際して、とても危ういものだ。

――わたし、なにもしてないのに。

一月前、両親が殺された。

二代前から〈天魔の魔眼〉を誰かのために使うことをやめ、人との接点を可能なかぎり作らないような生き方をしてきた自分たち〈天魔〉の一族。それなのに――彼らは追ってきた。

かつて都合よく力を借りようとしてきたのに、いったん離れたら今度は敵視だ。

もう、ほうっておいてくれ。そう思ってもいまさら遅い。

少女もまた、彼らに追われていた。

「……」

自分たちには魔眼こそあれ、戦う力はない。

父と母の犠牲のもとに、『どうか生きて』という漠然とした願いを耳に入れて――逃げだした。

そうやって、いまわしい〈天魔の魔眼〉を頼りながら、どこまでも逃げてきた。

一体いつまで逃げればいいのだろうか。逃げることにも疲れはじめて、半分ぼうっとするようにしてやってきた先に、リンドホルム霊山があった。

ここには未練ある霊が集まるという。もしかしたらここに先祖がいるかもしれない。――父と母が、いるかもしれない。

ただ逃げるしかないのなら、いっそ彼らを霊山に捜しにいくのもいいかと思って、少女は霊山を登る決意をした。

ここまで来たら、もう戻るわけにはいかない。

寒風《かんぷう》が身体に打ちつけてきて、ところどころ雪のまじった地面は地縛霊のごとく足にからみついてくる。冷気になでられた頬が感覚を失ったくらいから、ほとんど無心で山を登った。

そしてついに、山頂にたどり着いた。

そこには雪白の髪を宿した男と、とても綺麗な黒髪の女がいた。

◆◆◆

——誰……だろう。

男の方は浮世離れした容姿のせいで、いっそ幽鬼のように思えてくる。

しかし女の方は、生気に満ちた容姿をしていた。

汗で少し湿って、色気を感じさせる黒い髪。血色のいい肌に、ほどよく鍛えられた肉体。無駄のない身体とはあれのことを言うのだろう。

女にしては背が高く、背筋がピンと伸びていることもあって、自分よりもずっと大きく見えた。

さすがに隣の青年よりは小さいが、迫力を感じてしまうのは女の方だった。

——どう……しよう。

なにか、言うべきだろうか。

そう悩んでいたら、男がこちらにもの珍しそうな視線を向けて先に声をあげていた。

「君も迷い人？」

「あっ、あの……えっと……」

人と話すのは得意ではない。魔眼のせいで、人から離れるように暮らしてきたからだ。

「別になにかしようってわけじゃないから、緊張しなくていいよ。——むしろ、俺も下界の人と話すのはほとんど初めてだから、結構緊張してるんだけど」

あれで緊張しているのだろうか。余裕のようなものが見えるのだが、それは彼のもともとの雰囲気なのだろうか。

声をあげた彼は、どことなく柔らかな空気をまとっていて、初対面なのに不思議なとっつきやすさを感じさせた。超俗的な容姿とは裏腹に、なんだか人懐っこい印象を受ける。

「そう……なの？」

「うん。今はちょっと、この墓作りに集中してるから、余裕に見えるかもしれないけど、気を抜いたら隣の女の人にもビビってのけぞっちゃいそうだよ。この人とも出会ったばかりだからね」

「ふふ、なんか、おもしろい、ね」

なんでそんなふうに思ったのか、自分の心の機微であるのに、明確な答えが見いだせない。

でも、おおげさに肩をすくめてみせる彼を見て、警戒心が解けたのはたしかだ。

隣でいそいそと墓石を地面に挿している綺麗な女も、柔らかな微笑を顔に浮かべていた。

なんだか不思議な場所に迷い込んでしまったようだ。少女は思った。

——お父さんとお母さんには会えなかったけど……

代わりに、不思議な二人と出会えた。

リンドホルム霊山の山頂が外界と隔離されているような印象を漂わせているせいか、追われている身なれど、少し心に余裕も生まれてきた。

だから少女は、意を決して少し積極的になってみることにした。

「わたしも、その、お墓？　——作るの、手伝っていいかな……」

そう言うと、彼は少し目を丸めて、しかしすぐに、笑みで答えてくれた。

「もちろん。ありがたいよ。じゃあ、そうだな……、立てた墓が倒れないように、小さい石で根元を固定してくれるかな」

「うん、わかった」

彼もあまり人と話したことがないと言っていた。そこにいまさら親近感を感じたりもする。

「あ、俺、メレアっていうんだ」

ふと、彼が思い出したように名前を口に乗せた。

――メレア。

心の中でその名前を反芻《はんすう》して、すぐに意識を戻す。そこで少女は、彼のとある気遣いに気づいた。

彼はこちらに、名前を求めなかった。

視線を手早く切り、『言いたくなければ言わなくていいからね』と、そんなふうな仕草を見せる。

「あ、あのっ」

「ん？」

「ア、アイズ。わたしの、名前……〈アイズ〉って……」

家名をさらす勇気はなかった。家名から〈天魔〉の号を悟られてしまったら、せっかくのこの出会いが壊れてしまうかもしれない。――でも、名前は知っておいて欲しかった。

細くてもいいから、互いに名前を知っているという繋《つな》がりが、欲しかった。

「そっか。じゃあ、よろしくね、アイズ」

「う、うん！」

少女は荷物を適当な場所に降ろして、だぶついた服の長い袖をまくった。

そうして、すでに十本ほど立っている石の墓に近づき、根元を小石で固めていく。

――誰のお墓なんだろう。

名前が彫られているが、どれも家名がばらばらだ。統一性はない。

不思議に思ったが、訊きすぎるとかえってこの空間が壊れてしまいそうだったので、黙々と作業をすることにした。

◆◆◆

「さっきから視界の端にちらちらと幽霊っぽいものが見えるんですけど、これ、気のせいですかね」

「うっさい。本物に決まってるでしょ。ここをどこだと思ってるのよ。リ・ン・ド・ホ・ル・ム・霊・山。――霊山なんだから当たり前じゃない」

「いやぁ、霊山だから幽霊くらい余裕でいますよ、なんて言われても私困るんですけど。世の中で信じられるものは金《かね》だけだと思っているので」

身なりの良い若い男と、派手な紅《くれない》の長髪を宿した少女が、リンドホルム霊山を登っていた。

整った顔をしている若い男の方は背に鞄《かばん》を背負っていて、紅の長髪を宿した少女の方は手持ち無沙汰のまま気の強そうなつり目を男に向けている。

「そんなだから魔王って呼ばれるんじゃないの」

「そういうあなたも魔王でしょう？　〈炎帝《えんてい》〉でしたっけ？　――帝号じゃないですか。おそろしいですねぇ。王号の私と比べるべくもない」

「分野が違うのにそんな比べ方しても意味ないわよ。あんたは……〈錬金王〉だっけ？」

「ええ、金《かね》と金《きん》を愛する錬金王です」

大仰な身振り手振りで、一等貴族のような優雅な一礼を見せる若い男に、紅髪の少女はため息を返した。顔にはうんざりしたような表情がある。

「いかにもうさんくさい感じだわ」

「実際にうさんくさいですよ？　私のトコのご先祖さま、不完全な錬金術使って悪徳商売してましたからね。この私はこんなにも綺麗《きれい》で！　清純でっ！　最っ高に公平な商売をしているというのにっ！　先祖の汚名のせいで悪徳魔王扱いですよ！　挙句《あげく》に財産すべてよこせって！」

「なるほど、それでどっかの国家から逃げてきたのね」

少女は納得したように鼻から息を吐いた。今の話で男に対する同情でも芽生えたのか、多少表情も柔らかくなっている。

「そういうあなたはどうなのです？」

対する男は、今度はそちらの番とでも言うかのように少女に問いかけた。

「あたし？　あたしは――」

少女は一瞬言いよどんだ。だが結局、男に一瞥《いちべつ》をくれたあとに、「まあいいか」と小さく言葉を吐いて続ける。

「代々一族に伝わる、〈真紅《しんく》の命炎《めいえん》〉って秘術式をよこせって言われて」

「なるほど、秘術のたぐいですか。今の時代にありがちですね。――それで、よこさずに逃げたのですか？」

「そりゃそうでしょ。だって、これを渡したらまた戦火が広がるもの」

少女は「嫌だ嫌だ」と手をぱたぱた振って、また一歩山壁を登った。

「戦火が広がって、それのせいで犠牲が増えたりしたら、都合の悪い部分だけあたしたち〈炎帝〉の一族のせいにされるのよ？　『あんなものを生み出しやがって』って。責任転嫁の天才なのよ、あたしを追ってる国家」

「そっちはそっちで大変そうですね」

言いながら、若い男が少女の後ろを行く。

「まあね。――てかなんであたしがあんたの前行ってるのよ。あんた、すごく自然にあたしのこと風よけにしてない？」

ふと、少女が突き出した岩に足をかけながら、首だけで後ろを振り返って言った。相変わらずの不満げな表情だが、少女の整った眉目に乗ればそれもまた魅力的に映る。

そんな言葉に対して、男の方は悪びれる様子すらなく、

「私、脆弱《ぜいじゃく》ですからねっ！」

むしろ誇るかのように親指をグッとあげて、少女に見せつけた。やけに力強い仕草だ。

「はあ、いっそすがすがしいわね。……まあいいわ。ともかく、せっかく表舞台から名前が消えてほのぼの生きていられたのに、ぶり返すようにしてまたこれよ。やっとのことでアイオースの〈学園〉に入学したのに」

「ほう、あの学術都市の。なかなか優秀ですね」

男は感心するようにホッと息を吐いて、少女に視線を向けた。

「でしょ？　すごく頑張ったもん。親はいないし、遺産とかも魔王って名目で国家に毟《むし》られて、お金も自分で必死に稼いだのよ？」

少女は少女で、男の褒め言葉にまんざらでもなさそうだった。華奢な身体を弓なりに反らして、

ふふんと鼻で息を吐いている。霊山の寒風に紅の長髪がさらさらとなびいた。

「本当に、えらいですねえ。私ならその金を使って商売をしているところです」

「あんた、まごうことなき金の亡者ね」

「錬金王と呼ばれるよりはそっちの方が好きですよ」

軽い皮肉を言い合って、また二人はリンドホルム霊山を一歩登った。

喋《しゃべ》りながら登るのも、案外悪くない。体力的には余分な行動かもしれないが、こんな霊山を登るに際しては精神的な支えになる。声には出さなかったが、二人は内心にそう思っていた。

そうしてさらに数十分。

ついに二人はリンドホルム霊山の山頂に到着する。

そこには一人の男と、二人の女がいた。

◆◆◆

「え？　なんでこんなとこに人がいるの？」

「知りませんよ。彼らに訊《き》いてくださいよ」

少女は目を丸め、男は肩をすくめた。

すると、不意に雪白の髪と真っ赤な瞳をした男が顔をあげ、二人の方を向いて声を放った。

「なんだろう。今日はやたらと来客が多いな。今まで一度だってまともな人が来たことはなかったのに」

男の困ったふうな仕草を見て、二人は彼が人間であることを確信する。

「やりましたね、まともな人扱いされましたよ」

「あんたあたしのこと馬鹿にしてる？」

「いやだって、それだけ派手な紅の髪と、不機嫌な鬼のような顔を――あいたっ！　なにするんですか！　私脆弱なんですから小突くのやめてくださいよ！」

「ど・こ・が、鬼のようなのよ」

横腹を連続で小突かれた男は、その場で悶絶《もんぜつ》するようにひざまずいた。小突かれた部分を労《いた》わるように手でさすって、息を整えてからやっとのことで言葉を返す。

「あ、あなたみたいに容姿が整っている女性の方が中身はおそろしかったりするじゃないですか。私の先祖の中にも傾国の美女にやられて財産持ってかれた人がいましてね。教訓なんです。『美女はまず鬼か悪魔だと疑え』」

「あたしをそれと一緒にするな」

「わかりました、わかりました。わかりましたから横腹つまむのやめてください。肉がちぎれます」

二人はそんなやりとりをしながらも、向こうでなにやら作業をしている三人を観察した。と、再び白髪の男から声が飛んでくる。

「……暇なの？」

「ええ、暇ですね」

「暇じゃないけど、暇ね」

「なに言ってるんですか。人語苦手なんですか？　よくそれでアイオースの学園に入れましたね」

「深い意味を察しなさい。追われてる以上暇じゃないけど、ここからなにをしようって決まってるわけでもないから、暇なのよ」

「やっぱり人語苦手でしょう……そんなの察せられるの読心術師くらいですよ……」

そんなやり取りをしていると、向こうの方から「今度のは騒がしいな。なんか明るくなった」という声が聞こえてきた。

「——で、暇ならどうしろっていうの？」

少女は隣の男との会話を切って、今度は白髪の男に自分から訊《たず》ね返した。

白髪の男は少女の言葉を受けて、その懐に抱え込んでいた大きめの石を指差す。

「墓を作ってるんだ。だけど、思ったよりも人手が足りないから、暇だったら手伝ってくれない？こういうの、凝っちゃうと結構時間を食うんだよね」

「ふーん」

少女は男の懐にある石を見て、その表面に綺麗な書体で名前が彫られているのを見た。なかなか丁寧な文字だ。

それに加え、男の右手に白い炎が宿っているのを見つけた。少女はなによりもその白い炎に興味を惹《ひ》かれた。

——術師。

それも、自分が扱う秘術と同系統の術式を扱う者だ。多少、気にはなる。

——まあ、実際にここまで来てどうこうしようってわけでもなかったしね。

最終的に少女はいろいろと心配事を投げ出して、自分の好奇心に忠実になることにした。

「ま、いいわよ」

「あれ、乗り気ですね？」

「だって、暇だもの」

「結局ですか」

「嫌なこと忘れられそうだし」

「まあ、それは一理ありますね。では、私も手伝うことにしましょう」

そうして二人は近くにいた小さい少女を手伝うようにして、墓の周りに石を積み立てていった。

◆◆◆

その日、リンドホルム霊山の山頂に、異様な数の人影があった。

身なりの良い若い男と紅髪の少女がやってきてから、さらに一人、二人――三人。

気づけば総勢二十一人。メレアを含めれば二十二人もの人影が霊山の山頂にはあった。

――いまさらだけど、なにごとだろうか……。

そんな光景をあらためて見たメレアは、思わず胸中でこぼしていた。さすがにこの事態を『たまだ』では流しかねる。

英雄としての生ゆえに、それぞれの時代の大きな転換点を見てきた英霊《えいれい》たちは、よく「なにかが起こるときは一気に起こるんだ。人の抗《あらが》えないような怒涛《どとう》の勢いで、歴史ってのは流れるんだ。転換期ってのはそんなもんだ」と自慢げに言っていたものだが、こんな状況におかれると、案外そのとおりなのかもしれないと思いたくもなってくる。

霊山にやってきた総勢二十一人は、気づけば誰もかれもが墓を作る手伝いをしてくれていた。

それがまた、この場に異様な雰囲気を漂わせるのに一役買っている。

しかし、それを見て、別に思うところもあった。

たしかに異様だ。でも、それでいて――

――なんだか悪くない雰囲気だというのも、本当だ。

誰かがなにを訊《き》くわけでもなく、むしろなにかを忘れるようにして、一心不乱に墓を作っていく。人数に比例して作業効率が増し、メレアの仕事は石に名を刻むことだけになっていた。


「〈タイラント・レハール〉……と」

目の前の石に名を刻むと、絶妙な間をおいて、スッと横から別の墓石がすべり込んできた。こちらが一息つく時間まで計算されていたかのような、完璧なタイミングである。

その墓石をすべり込ませる役割をこなしていたのは、白黒のメイド格好をした麗女だった。わりと早い段階で山頂に姿を現した者のうちの一人だ。

彼女は表情の変化の薄い、されど異様に整った氷の人形のような美貌を持っていた。見ると同時に感嘆の息がもれてしまいそうな美貌だが、正直に言うと――その衣装の方が気になる。

――それでよくこの霊山を登ってこれたものだ。

「次でございます」

「あっ、はい」

よくよく観察していると、メイドの方から促すような声があがった。メレアはその声に身体をびくりと反応させ、促しに応じるようにまた石に名を刻んでいく。名を刻むとすかさずそれはメイドの手によって隣に待機していた者に送られた。

重い墓石をひょいひょいと持ち上げる細腕に見合わない膂力《りょりょく》も気になるが、メイドが隣に墓石を渡そうと身体を捻《ひね》ったときに、その腰のあたりに二本の短剣が帯びられているのが見えて、なによりもメレアの気を引いた。

——なんて物騒なメイドなんだ。

自分の知る普通のメイドとは決定的になにかが違う。

そう思いながら、バケツリレーの要領でどんどんと遠くへ運ばれていく墓石を、メレアはぼうっとして眺めていた。

そんな光景がいくらか続いて、ついに百個目の墓が完成する。

最後の墓石もメイドの手によって隣の者に送られ、そのまますいすいと各人の腕の中を流れていった。

なぜか全身鎧《よろい》を隙間なく身にまとっている巨人や、腕に不思議な模様を刻んでいる砂色髪の青年。はては年端もいかない二人の少女までいる。非常によく似た外見をしているため、もしかしたら双子かもしれない。

あの幼さでどうやってここまで登ってきたのかと疑問に思ったが、さきほどから彼女たちが術式で水と氷を生成し、墓の周りに氷像を作って遊んでいるのがちらっと見えて、そのことがメレアに多少の納得を抱かせた。

ともあれ、メイド衣装のまま霊山に登ってきた隣の麗女を筆頭として、かなりきわものな格好の者たちも多い。

墓石の終着点にいたのは、ことの初めに霊山を訪れた黒髪の女——〈エルマ〉だった。

彼女の手によって、ついに最後の墓石が地面に挿し込まれる。

「……ふう」

終わった。ともかく、当初の目的は果たせた。メレアが大きく息をつき、額の汗をぬぐう。

『……ふう』

周りの面々も、一仕事終えたと言わんばかりに息を吐いていた。

そうして、息を吐いたあとに、今度は沈黙が広がる。その場の流れで墓作りに参加していたが、いざそれが終わると彼らもどうしていいかわからなくなったらしい。

「……」

しばらくして、それぞれが肩をすくめたり、空を仰いだり、視線を所在なく泳がせたりして、声こそあげないが、なにやら落ち着きなさげな動きを見せはじめた。

そんないたたまれない空気の中で、ついにメレアが意を決する。

誰かがまず先に声をあげねば、このなんとも言えない空気は崩せまい。

「て――」

クラシックの鑑賞会で、突然大声をあげて注目を集めるかのような心持ちで、メレアは今の気持ちを素直に声に出した。

「――ていうかお前ら誰だよっ！」

その声はリンドホルム霊山の山頂に、よく響いた。

◆◆◆

周囲の者たちはメレアの声を聞いて、まず近場にいた者に視線を送った。

『お前誰だよ？』

『いやいや、お前こそ誰だよ』

そんな声があちらこちらからあがり、最後にはその視線が発声者たるメレアに向かう。

『というか、お前も誰だよ』

これはどうにも収拾がつきそうにない。

どうしようかとメレアが悩んでいると、不意にあの〈エルマ〉が手を叩《たた》いて、みなの注意を集めはじめた。

「少し、いいだろうか」

手を叩く動作に、彼女の黒髪が揺れる。

「――私はエルマという。しがない傭兵《ようへい》だ。諸処あってこの霊山に登ってきた。そこにいるメレアを除けば、最初に山頂にたどり着いたのが私だな」

エルマはそんなふうに前置いてから続けた。

「その上で訊《き》くのだが――私より先にリンドホルム霊山にいて、そこで一人墓作りをしていたメレアはいったい何者なんだ？」

エルマはメレアを見ていた。

メレアはその視線と言葉に、すぐには答えられなかった。

――霊山に籠りっぱなしで英霊に育てられたなんて言って、信じてもらえるだろうか。

いくら下界に下りたことがないとはいっても、それが普通でないことは想像に難くない。メレアの中にはそういう逡巡《しゅんじゅん》があった。

そうして、しばらく言い出せずにいると、今度は少し離れたところから別の声があがった。

「ん、あれ、〈未来石《フューナス》〉って珍しいわね。これ、けろっと内容変えるから信用しがたいんだけど、可能性の一つは提示してくれるし、遊ぶ分には結構おもしろいのよね」

紅髪の少女が、肩に不思議な炎の鳥を乗せながら、メレアの小屋の傍《そば》に散らばっていた〈未来石〉を見つけて、それを手に取っていた。

拾い上げた未来石を楽しげに手の中で遊ばせていた少女は、数瞬の後《のち》、その未来石の表面に文字が現れていることに気づく。

「――って、これ、〈魔王〉って書いてあるんだけど……」

驚くような、うんざりするような、二つの表情を絶妙に顔に乗せた少女は、眉をひそめながら言った。

「……これ、あんたの？」

紅髪の少女はその表情のまま、メレアに未来石を突きつける。

「あー……」

メレアは間延びした声を浮かべながら、少女の切れ長の眼《め》から逃れるように視線を泳がせた。

――しまった。墓作りの前に試したやつを置きっぱなしだった。

メレアは一人になったあと、あの洞窟から〈未来石〉を持ち出し、確認とばかりにもう一度未来視を試していた。結果は彼女の言葉どおりだが、英霊はもういないからとその場に置きっぱなしにしたのはまずかったようだ。

――ここでうなずいてしまって、変なことにならないだろうか。

不安がメレアの脳裏をよぎる。

しかし、そうやってメレアが悩んでいると、意外にも続く言葉が向こう側からあがっていた。

『なんだ、お前も魔王か』

そんな声だった。

しかも、方々からである。

「えっ？」

メレアが首をかしげたところへ、未来石を持っていた紅髪の少女も周りの声に続くように言葉を放った。

「あたしも魔王よ。正確には魔王の末裔《まつえい》。……もしかしてだけど、ここに集まったのってみんなそうなの？」

ががやがやとその場にいた者たちが言葉を交わしはじめる。

「俺も末裔。近場の都市国家に追い立てられてなあ」

「私も。やっぱり最近の魔王って世襲型が多いのね」

「それだけ目立つところが減ったってことだろ。出る杭《くい》が見当たらねえから血筋を使って無理やり魔王を作り出してるんだよ」

「大体の認定要因は言いがかりですからね。何代前の業《ごう》だと思っているのでしょう」

「しかし、近場で戦争が起こるといつもこうだからなぁ」

メレアを置いて、どんどんとそこに集まった者たちの実態があきらかになっていく。

そしてついに、我慢しきれないと言わんばかりにそわそわしながら、メレアがすべての視線を集めるように大きな声で言った。

「ホントにみんな、魔王なの？」

返ってきた言葉は、歴史の転換期という英霊たちの言葉を、メレアの脳裏にくっきりと蘇《よみがえ》らせた。

『――どうやらそうらしい』

その日、誰もが運命の実在を信じた。あるいは、なにか大きな作為の存在を、疑った。


そこから情報が統合されていくのは早かった。

メレアは下界の世相に疎い。だがそれゆえに、欠けた情報を急速に補完するようにして、みずからを嫌々ながら魔王と語る彼らの言葉に集中して耳を傾けていった。

そうして、しばらく耳を澄ませているうちに、とある事実が浮き彫りになる。

「みんな、魔王を狙う追手から逃げてきた結果、このリンドホルム霊山にやってきたのか」

メレアがみなの話をまとめるようにして言った。

「話を聞くかぎり、それで間違いなさそうだな」

そんなメレアの言葉に、エルマが答えた。

「こうまで重なるとなんらかの作為を感じずにはいられないが――」

続けて言ったエルマは語尾を濁し、ほんの少しの間をおく。

「しかし、今なによりも問題とするべきは、私たちがさまざまな方角から追い立てられてきたという状況の方だろう。これが作為あってのことなのか、偶然によることなのか、この際それは置いておくべきだ」

彼女の言うとおり、今は多方から追手が迫ってきているという状況を優先的に考慮する必要があった。

単純に言って、どうやら自分たちは抜き差しならない状況に置かれているらしい。

あらためてそのことを確認するように、メレアが声をあげた。

「それさ、追手が全部この山頂に集結したら――えらいことになるよね？」

「そうだな……、大きく分けて四方と言いたいところだが、これだけの魔王がいれば八方も埋まっているだろう。こうなると、同方向からの追手が競合するのを期待した方がいいかもしれん」

「競合か……」

なるほど、とうなずきながらも、メレアにはそれがどれほど期待できることなのか判断がつかない。

すると、思わず漏れた怪訝《けげん》な表情を見てか、エルマがすぐに補足してくれた。

「そういう可能性は大いにある。魔王の力を求めるのは他勢力に対する優位をてっとり早く得たいがためだからな。戦乱の時代ゆえに私たちは追われるが、また戦乱の時代ゆえに今の状況が少しはマシになる――かもしれない」

エルマはそれがあくまで希望的観測であることを強調した。

「一番厄介なのは競合ではなく協力されることだ。ある程度その予測をつけるために、みながどの方向から来たかを整理しよう。ちなみに私は東からだ」

エルマが率先して提言すると、すかさず別の声が続く。

「わ、わたしは、北から、だよ」

エルマの次に山頂を訪れた銀色の眼の〈アイズ〉が、おずおずとしながらもしっかりとした口調で情報を伝えた。

さらにそこへ、鞄《かばん》を背負った若い男と紅髪の少女が続いていく。

「手短に。私は〈シャウ〉と申します。私は西からです」

「あたしは〈リリウム〉。リリウム・アウスバルト・クレール・ミュウ――」

「長いです。今は時が金と同義なので、つまり金の無駄です」

「――そうね、リリウムでいいわ。あといくつか名前が続くから。それで、あたしもこの金の亡者と同じで西からね」

この時点で三方が埋まった。残るは南だ。

すると二人に続けて、ぴしりとした整然様で立っていたあのメイドが、色素の薄い銀の髪を揺らして言った。

「〈マリーザ〉と申します。わたくしが南からです」

流麗な一礼とともに放たれた言葉に、メレアが天を仰いで答える。

「マ、マジかあ……」

四方が埋まってしまった。すでに包囲らしい包囲は完成していそうだ。

そのあとも続々と魔王たちが自分の追われてきた方角を知らせていって、そのたびにメレアの嫌な予測は輪郭を確かにしていった。

――……まずい。

これはおそらくまずい。どうやらリンドホルム霊山が思わぬ戦火に巻き込まれようとしている。

確信に近いものを、メレアは感じ取っていた。

◆◆◆

「さて、とはいってもどうするよ。こんだけいろんな都市国家が迫ってきてる以上は、すでに真っ向から抗戦するなんて気概はほとんどないわけだが――」

「私を追ってきている都市国家は術式兵団も持っているしな」

話が一段落したあたりで、魔王の一人が放った言葉にエルマが答えていた。

「マ、マジかよ、すげえのに追われてやがるな……。ちなみにお前、どこの魔王よ？」

「――〈剣帝〉だ」

「あー……、あの魔剣の一族の」

エルマに訊《たず》ねた砂色髪の青年は、納得の様子でうなずきを見せた。次いで、すぐにげんなりとした表情を浮かべる。

「〈三八天剣旅団〉創設者の一族じゃねえか。そりゃあ術式兵団くらい動かすわ」

「くわしいな。旅団ごと名が没落して久しいというのに」

目を丸めるエルマに対し、青年は自嘲気味に笑ってから返した。

「まあ、俺の魔王としての号は〈拳帝《けんてい》〉だからな。そういう系の名前にはちょっとくわしいんだよ」

自嘲気味な笑みを苦笑に変えた青年は、そのあと話題を戻すようにして続ける。

「まあ、個人の話はあとでいいか。とにかく、ざっと聞いたところでけえ勢力から小せえ勢力までいろいろだな。たぶん、小せえ勢力は霊山に差しかかる前にでけえ勢力に牽制《けんせい》されて退《ひ》いていくだろ」

「そうして結果的に一番厄介なところばかりが霊山に登ってくるわけだな」

「ハハッ――……笑えねえ」

ため息まじりの嘆きを最後に、魔王たちの間でなされていた会話がぱたりと止《や》んだ。

互いが魔王であるという共通点のもとに会話をこなしてきたわけだが、さすがに限界もあった。もともと素性が複雑そうな面々であるし、対面したばかりで「まとまれ」というのも無理な話だ。

すると、そんな停滞の空気を明敏に察したのか、今度は合間を縫うようにしてメレアが声をあげた。

「えーっと……、それじゃあ、それを踏まえたうえでなんとかする方法を――」

遠慮気味ながら、そこにはこの集団討議をどうにか円滑に進めようとする意図が見えた。

メレアはメレアで、人の心の機微には聡《さと》い方だった。


――〈魔王〉……か。

メレアは次の言葉を探しながら、この場にいる魔王たちを観察していた。

――いまいち、まだ実感が湧かない。

正直に言えば、その一言に尽きた。

目の前の彼らが魔王であるということも、そんな彼らがいわゆる下界の国家に追われているということも、まだどこか遠い場所の出来事のように感じられる。

英霊たちからそのへんの話は聞いていて、自分もその魔王という名前が生み出す流れに巻き込まれていくのだろうと、頭では考えていたつもりだった。

だが、あまりにもその流れがやってきたのが早かった。

エルマの言うとおり、作為を感じずにはいられない、という気分だ。

――でも、このまま知らんぷりというのも、なんだかな。

メレアは考え込むように顔をうつむけて、頭の横をかいた。感じ慣れた髪の質感が、指の隙間を通り抜けていく。

——俺は、どうするべきだろうか。

メレアはこのとき、そういう考え方をしていた。自分がどうしたいか、というよりも、英霊の話に聞いていた魔王という存在を前にして、どうするべきか、と考えていた。

身体《からだ》の内から衝動がやってくるほど、まだ魔王に対する実感が身の内に宿っていなかった。

「まあ、どうこう言っても、なにかしら動くしかねえんだろうなあ」

ふと、メレアが考えているうちに、また砂色髪の青年が声をあげた。さきほど〈拳帝〉と名乗った青年だ。

彼は術式のようなものが刻まれた両腕を頭の後ろで組んで、ため息をつきながら言葉を続けた。

「じっとしてても、たぶん順当に囲まれてお陀仏《だぶつ》だろ。……いや、まあ、だからこうしたほうがいいっていう良案もねえんだけどさ」

「国家間の力量差が明確であればまだ合理的な判断を下しやすいが、これだけさまざまな国家が集まってきていると相対化もしづらいな」

〈拳帝〉の言葉にエルマが答える。

「てか、そもそも集団で行動するか、ってとこにも明確な答えが出せてねえんだが……」

——たしかに。

メレアは〈拳帝〉の言葉に内心でうなずいた。

つかの間の共同作業を経て、また、同じ魔王であることもあって、なんとなくこうして輪を作って集まってはいるが、それぞれに事情もあるだろう。漠然とこういう状況なら協力した方がうまくいきそうだ、とは思うものの、「じゃあこれから協力しよう」との明確な言葉もまだあがってはいない。

――中途半端な距離感だ。

メレアは思う。

なにか、きっかけが欲しかった。

――俺は……

メレアは今の自分の素直な衝動を探す。

――彼らに、話を聞きたい。

メレアはその点にだけは強い思いを抱いていた。

いろいろと、積もる疑問がある。実際に彼らが魔王だというなら、おそらく今の時代の魔王という存在を知るのに彼らほど適した存在はいないだろう。

――それに、彼らには墓作りを手伝ってもらった。

きっと向こうも、見返りなんて求めていなかったとは思うけれど、メレアとしては自分の親である英霊たちの墓作りを手伝ってもらって、素直に感謝している部分がある。

だから、もし魔王なんて制約がなければ、迷わずみなで共に行こうと提案していたかもしれない。

――俺は、意気地がないな。

メレアは心の中で自嘲するように言う。

――考えすぎなんだよ。

メレアは自分の性質を改めて思い返し、それに悪態をついた。行動の最初に理由とか、根拠とか、そういったものを考えすぎるきらいが自分にはあるらしい。

それが良いことか悪いことかはわからないが、今は少し、邪魔に思えた。

「とにかく、でもまずは、手薄そうなところでも探してみようか」

それでも、メレアは言った。

どうにもその場の空気が重くなっていた。

うまい方法なんて思い浮かばないし、ここでみなをまとめるように「協力しよう」とも言えなかったが、せめてこの場の空気だけは少しでも良く保とうと思って、声を放った。

沈黙は重い。喋《しゃべ》っていれば少しはマシだ。だからせめて、自分だけは喋っていよう。

「ああ、そうだな」

すると、エルマが隣でふっと息を吐いて、メレアの声に続いた。彼女の顔には柔らかな微笑があった。

さらに、ほかの魔王たちもそれぞれ軽く息を吐いたあと、軽い調子で声をあげはじめる。

「まあ、黙ってたってどうにもならねえな」

「沈黙は金なりとも言いますけどね」

「ちょっと、そこの金の亡者は黙ってなさい。水差すなら小突くわよ」

「おふっ！　小突いてから言わないでくださいよ！　やっぱり鬼じゃないですかあなたっ！」

「は？　うっさいわね。あんたが余計なこと言うのが悪いのよ。あたしの術式で鳥作って三十分耐久で突っつかせるわよ？」

「なんかあなた、地味に人を責めるレパートリー多くないですかっ！　アイオースの学園でそんなこと学んでたんですかッ⁉」

〈錬金王〉シャウと〈炎帝〉リリウムが、わいわいと言葉の応酬をはじめる。

そんな様子を見て、ほかの魔王たちは笑みを浮かべた。

──やっぱりこっちの方がいい。

そしてまたメレアも、彼らのやり取りを見て、改めてそう思っていた。

◆◆◆

それからはみながみな、とにかく言葉を交わした。

誰かが情報を言えば、ほかの誰かがそれに対する賛同や反論を口に乗せる。当然、賛否は分かれた。

だがそれでも、とにかく次から次へと言葉を放った。乱雑に近くなっても、そのどこかからうまい解決案が見つかるかもしれない。

話し、聞き、答え。

いつなにがやってくるともかぎらない状況で、魔王たちは足掻《あが》いた。


そうして、しばらくの時間が過ぎる。

「案外、一番厄介そうな方向へ向かって行った方がいいかもしれないね」

メレアが声をあげていた。

メレアは赤い瞳でぐるりと魔王たちを一瞥《いちべつ》し、それからさらに言葉を続ける。

「最初にエルマが言っていた国家間の競合にかける、って手だ。強い国家の勢力を一気に突破できれば、かえって国家同士の敵対関係によってほかのいくつかを追いやれるかもしれない」

「強い国家を壁にするわけだな」

エルマがメレアの言葉にうなずく。

「まあ、これはこれでその場しのぎ感があるけど。なにより最初にキツいところを突破しなきゃならないわけだし」

「ふむ……、だが、そもそもこの場をしのがねばこの先どうにもならんというのも事実だ」

エルマが黒髪をなびかせながら首を振り、今度はほかの魔王たちを見た。

「なら、いっそのことここでみなの賛否を求めよう。もちろん、強要はしない。各々に事情はあるだろうからな」

強要はしない。このときのエルマにもまた、みなを強引に引っ張っていこうとする気概はなかった。

「では、まず賛成の者から――」

ここで明確な賛否を取れていれば、もしかしたらもっとスムーズに事が進んだかもしれない。

のちのちになってエルマはそう思ったが――しかし、そうはならなかった。

ここまでの積み重ねのすべてを持っていくような出来事が、すぐそこまで迫ってきていた。

「っ！　来る、よ！」

最初にあがったのは、誰かの賛否の声ではなかった。

◆◆◆

少女の声が、あたりに響き渡っていた。
あの華奢《きゃしゃ》な銀眼の少女――アイズの声である。

そんな彼女の注意を喚起するような声が響いた直後――

魔王たちの頭上を、巨大な白い光が走っていった。

それはまるで、光の砲撃のようだった。

「っ！　伏せろッ!!　術式砲だ!!」

続く警告は具体性をともなっていた。エルマの声だ。

魔王たちがエルマの警告にしたがってその場に伏せたときには、白い閃光《せんこう》が霊山の一角を薙《な》ぎ払っていた。それを呆然《ぼうぜん》として眺める魔王たちの肌に、ほのかな熱量が伝わる。

そのときメレアもまた、彼らと同じように伏せっていた。

だがメレアの視線は、別の方向を向いていた。

それは後方。白い光が抜けていく先。

まぶしさの邪魔な視界の中で、メレアはその白い閃光が英霊たちの墓のいくつかを削り取っていったのを見た。

――っ。

その光景が、思いがけずメレアの激情を刺激する。

ややあって、ついに閃光がすべて空に昇って消え、一間《ひとま》の静寂が訪れた。

メレアはまぶしさのなくなった山頂で、もう一度墓の方に一瞥をくれる。

――良かった……。

英霊たちの墓は少し削れたものの、まだなんとか原形を保っていた。

墓の無事を確認したあと、メレアはすぐに抉《えぐ》れた霊山の崖際に向かう。なめらかな傷痕を残す崖の縁から首だけを出して、眼下を窺《うかが》った。

「――多いな」

メレアの視界に映ったのは、同じ形状の黒装束に身を包んだ、数十人の人影だった。

――連係術式のたぐいか。

〈術神《フランダー・クロウ》の魔眼〉で今の術式の性質を分析しつつ、メレアは観察を続ける。

と、そのころになって、メレアの隣に同じく伏せるようにしてエルマが飛び込んできた。

「黒の王国旗とその色で統一された装束……私を追ってきていた〈ムーゼッグ王国〉だ」

彼女は眼下に視線を向けるやいなや、悪態をつきながら言った。

「近頃周辺諸国を武力統一してかなり強大化している。それと、〈魔王狩り〉を率先して行っているのもあの国だ」

「魔王狩り……」

その言葉にメレアの眉根がぴくりと反応する。

「あれはそのムーゼッグの術式兵団だ。……くそ、思っていたよりもだいぶ早かったな」

そうやって二人が状況の把握に努めていると、ほかの魔王たちも続々と近づいてくる。彼らは各々に切迫した表情を浮かべ、眼下をのぞき込みはじめた。

「おい、二発目が来るぞ」

そして数秒もしないうちに、再度誰かの警告があがる。その瞬間、魔王たちの焦燥が目に見えるほどの濃度となってあたりに広がりはじめた。まるでもわりとした黒い霧が霊山の地面から噴き出してきたかのようだった。


やがて、そんな重い空気の中で、魔王たちはある行動を起こす。

彼らは示し合わせたかのように、ある一人に視線を集中させていた。

一部はまっすぐに。

一部はおずおずとしながら。

そしてそのどちらもが懇願とやましさの色を瞳に乗せて——

メレアを見ていた。

◆◆◆

そもそも彼らはこのとき、生き残りの可能性を協力という方法に見出していた。

眼下に見えるムーゼッグの軍勢は厚い。あれに対抗するには一人では手が足りない。

また、さきほどの会話で、協力した方がなんとなくうまく事が運びそうだ、というのもみなが抱いていた思いだった。

しかし、いざその賛否をはっきりと取ろうとしたところで、それは思わぬ攻撃に遮られる。

結果、彼らはお互いの胸中を明確に知る機会を逸していた。いかに協力した方が良いとはいっても、もとはと言えばたまたま出会ったばかりの魔王だ。あの場で互いに視線を交わしながら「協力しよう」と言えたならまだしも、こうなってしまうと踏ん切りがつけられなくなる。

——どうすればいいか。どうすればうまく協力ができるか。

それでも彼らは、考えていた。あのつかの間の対話の積み重ねはきっと無駄じゃなかったと、信じたかった。

——もう一押し。

もう一押しなのだ。

あと一押しがあれば、ひとまずこの場くらいは心底から協力できる気がしていたのだ。

そう悔やむように考えたとき――彼らの中にある方法が浮かんだ。

それは人並みの社会性をもった彼らがとっさに出した、一方で無難で、そして一方でとても残酷な答えだった。

こうなったら、いっそのこと、

――次の行動権を、誰か一人にゆだねてしまえばいい。

それは組織が生まれるときの作用によく似ていた。


だが、悩んでいる時間はない。

みなが誰か一人の言葉に寄り添えば、ひとまずは協力態勢が取れる。

そう思ったときには、彼らはすでに、その誰か一人を誰にするべきかを考えていた。

そして、一瞬のうちにめまぐるしく動いた思考は、拍子抜けするほど簡単に、ある答えを提示してくる。


――〈メレア〉。

ほんの一時だが、自分たちにやすらぎの空間を与えてくれたあの男。

彼は霊山の山頂を住処《すみか》にしていたらしい。今でも少し信じがたいが、さきほどの話し合いの中でひかえめにそう言っていたのをたしかに魔王たちは聞いていた。

つまり、メレアのみ、逃げてきていない。

それはわかりやすい違いでもあった。

そうやって、一度メレアに違いを見てしまったら、あとはほかの理性が強引にでもメレアという存在を特別にしようと動き出す。

気づけば、視線が勝手にメレアへと向かっていた。

——言葉をくれ。

——指針をくれ。

だからあの瞬間の彼らの目には、懇願の色があった。


しかし結局——メレアから魔王たちに対する言葉は紡がれなかった。

メレアは観察するような凝視を眼下に向けるばかりで、魔王たちの視線には気づいていなかった。

——そんなに都合よく、いくわけがない。

それはそれで、納得の結果だった。

やがて、おずおずとして視線を向けていた魔王たちがメレアから目をそらす。まるで今の動作がとっさに出てしまった悪癖だと言わんばかりに、顔には自嘲気味な笑みを浮かべていた。

さらに、まっすぐにメレアへ視線を向けていた魔王たちも目をそらす。顔には思案げな表情があった。別の方策を考えようとしているのかもしれない。

だが、そのころになって。

ようやくメレアからある反応が返ってきていた。

そしてその反応は思いがけず、一部の魔王たちにとっての、指針になろうとしていた。

「——やらせない。二発目は絶対に」

眼下に凝視を向けるメレアの口から、怒気《どき》を滲《にじ》ませた声があがっていた。

彼らの名を削る者たちは、このときのメレアにとってわかりやすく敵性であった。

ムーゼッグの術式兵たちが二発目の予備動作を見せたとき、メレアの中にはさきほどの光景が蘇《よみがえ》っていた。――白光が、英霊の墓を削り取った光景である。

――この場所を壊すな。

それが再び、メレアの激情を刺激していた。

メレアの視線の先ではムーゼッグの術式兵たちが一点に手をかざしている。彼らが手をかざしている空間には巨大な術式陣が展開されていた。

連係術式。一人の術式処理能力では編みきれないような式を、複数人で編みきって発動させる大規模な術式手法。統制された術式集団でよく使われる手法だった。

「まずいわね、あれ。さっきのよりもっと派手かも。ムーゼッグが躍進してるってのは知ってたけど、術式兵の錬度がこんなに高いとは思わなかったわ」

「あの水準の術式をたったの五人で編むか」

魔王たちがムーゼッグ側の連係術式を見て悪態をつく。ほかの魔王も総じて苦々しげな表情を浮かべていた。

しかし、その中でメレアだけは、まったく違う反応を見せた。

メレアは淡々とした表情で赤い瞳を眼下へ向け、そして――立ち上がっていた。

「攻性《こうせい》反転術式――」

◆◆◆

同時、その口が言葉を紡ぐ。

メレアが起こした行動を見て、周りにいた魔王たちはぎょっとした。当然それは、メレアが的になるように身を立たせたことに対する驚きだ。

しかし次の瞬間には、その驚きは別のことに対する驚きに変容する。

不意に立ち上がったメレアは、眼下のムーゼッグ兵たちが編んでいるのとよく似た術式を――一人で編みあげていた。

ムーゼッグ側の術式はすでに八割方完成していて、今にも事象となって光の砲撃が飛んできそうである。だが、その術式生成速度に一瞬で追いつくかのごとく、メレアの手のひらからすさまじい速度で術式が広がっていった。

ムーゼッグ兵たちは自分たちの術式を編むのに集中していて、その上方《じょうほう》、たった一人で同じような術式を編んでいる白髪の男には気づいていない。

数瞬あって、ようやくムーゼッグ兵たちが術式をほとんど編み終え、狙いを定めるべく山頂を見上げる。彼らの瞳に、初めてメレアの姿が映った。

「――」

直後、彼らの表情が、凍る。

顔の下半分を黒い布で覆っているため表情のすべては窺えないが、そこには瞬きがなかった。

やがて、そのうちの一人がついに、

「っ、早く撃てッ!!」

焦燥の滲んだ声をあげる。

だが、彼らが実際に術式を撃ち放つよりも先に、メレアの声がその場に響いていた。

「〈黒光砲《こっこうほう》〉」

さきほどの白い砲撃によく似た一撃が、今度は黒い光をほとばしらせて斜め下に翔《か》けていった。

「〈白光砲《はっこうほう》〉！」

メレアの手のひらから黒い光の砲撃が放たれた直後、眼下のムーゼッグ兵たちの術式陣からも白い光の砲撃が放たれた。

黒白《こくびゃく》の砲撃は互いに激突態勢。

軌道は同じく、穿《うが》つ先は互いの光。

――直撃。

競り合い、霧散する。それは完全な相殺だった。

複数人によって編まれた強大な術式砲撃が、たった一人によって編まれた同系の術式に相殺《そうさい》される光景は、ムーゼッグの術師にとってただそれだけで戦意を折られかねないほどの衝撃をもたらす。

「ば、馬鹿なっ……！」

黒光と白光の相殺の直前までは、彼らはわずかな希望をもっていた。メレアの編んだ術式が、見かけ倒しかもしれないという希望である。たった一人で自分たちの連係術式並みの術式を編むのは到底不可能だ。あれは見てくれが似ているだけの脆弱《ぜいじゃく》な術式だ。

否《いな》だった。

メレアの放った黒光の砲撃は、そんなムーゼッグ兵たちの希望をも相殺していった。

「こ、こんなことが……。〈剣帝〉は術師ではなかったはずだ！　なぜこれほどの術式を――」

彼らが追っていた魔王は〈剣帝〉の号を持つ魔王だった。

〈剣帝〉は決して個人で術式を編むタイプではない。事象割断をなす特殊な魔剣と極限にまで洗練された剣術によって戦場を走る猛者《もさ》。そう言われていた。

しかし目の前にいるのは、あきらかにその前評判とは別の存在だった。

「こいつは……」

――危険だ。

彼らの脳裏に同じ言葉が過《よぎ》った。

◆◆◆

とっさの行動で二発目の白光砲を防いだメレアは、今の一撃に怒気を乗せたことで再び頭に冷静さが戻ってきたことを自覚した。周りにも十分な気がめぐりはじめて、そのときようやく自分の行動が魔王たちにどんな影響をもたらしたのかに気づく。

「とにかく、こうなったらもうやるしかねえか。どうにもいい方法なんて思い浮かばねえや」

「このままなにもせずに殺されるのはごめんだしな」

メレアの周りにいた魔王たちの何人かが、そんな言葉を口に乗せていた。

そして彼らは――すでに反撃への身構えを取っていた。

彼らは、今のメレアの行動を抗戦への狼煙にしようとしていた。メレアのとっさの反撃が、彼らの闘争心に火をつけたのだ。

そんな彼らの言葉を聞き、その表情を見たメレアは、直後、なにかぬるりとしたものに手を突っ込んだ感覚を覚える。指先が、この世界の生々しい部分に触れた気がした。それが一体なんなのか、まだはっきりとはしない。

されど、淡々と放たれてしまった言葉の中に、その答えがある気がして、メレアは彼らの言葉を反芻《はんすう》した。

——『殺されるのはごめんだ』

それは決して、冗談のような声音ではなかった。

一瞬ののち、メレアの心臓がどくりと跳ねる。——そのなにかの輪郭を捉えた気がした。

『魔王』『戦乱の時代』——『彼らは魔王の血にすら可能性を見ているから』

メレアの中にフランダーから聞いたさまざまな言葉が蘇った。それらの言葉が徐々に確かさをともなって繋《つな》がっていく。

『なぜ、魔王は命すらを狙われるのか』

いまさらになって、またその意味を考えた。

そして気づく。その気づきには実感がともなっていた。

——邪魔だからだ。ほかの国家に利用されるくらいなら、殺してしまった方がいいと思っているんだ。

戦乱の時代という言葉の意味を、そのときメレアは認識しなおした。

その上で今の魔王の境遇を考えて、

――っ……！

悪寒が身体を縦に貫く。あのとき自分がフランダーに返した言葉を、いまさらながら「甘すぎる」と揶揄《やゆ》したくなるほどの、強烈な恐怖が呼び起こされていた。

『それって魔王と認定されるような力を自分から捨てれば、国家も追ってこないんじゃないの？』

――そんなこと、できるわけ……ないだろう。この世界で、それは……自殺行為だ。

また、このときメレアは、まだ自分が世界の狭間《はざま》に立っていることを感じ取っていた。それは、かつての世界と、今の世界の狭間だ。

そう考えているうちに、反撃の身構えをとっていた魔王たちが前に走り出した。

それを見たメレアは、とっさに彼らを追おうとする。右足が、前に出た。

「――」

だのに――左足が、続いてこなかった。

このときのメレアは、きれいな根拠を求めてしまっていた。

眼下のムーゼッグ兵のもとへと駆けて行った魔王たちは、その術式による応戦をどうにか避けながら、各々に武器を掲げる。メレアの見せた抵抗が、結果的にまっすぐにメレアを見た魔王たちにとっての指針になっていた。

だが一方で、まだ動かない魔王の姿もあった。

リンドホルム霊山に登ってきた魔王には、二種類の魔王がいた。

とっさに彼らを追えなかったメレアは、同じくその場に残っていた一人の魔王の顔を見る。

その魔王は虚《うつ》ろな瞳で、戦いに赴く魔王たちを見ていた。

そこに見えたのは、

――諦念と……羨望。

少し、羨ましげにさえ見えた。そしてその目に、メレアは見覚えがあった。

そのあたりでメレアはハッと我に返る。今の状況を認識し、内心に思った。

――まだ、バラバラだ。

諦めまいと戦う魔王がいる。彼らを羨ましそうに見ながら、動けない魔王がいる。そしてその狭間で立ちすくむ――自分がいた。

気づけば、眼下に見えるムーゼッグ兵の数が続々と増えはじめている。おそらくまだ後続に戦力が控えているのだろう。戦っている魔王たちは善戦しているが、数の差が戦況の優劣に表れはじめている。

そんな光景を見ながら、ようやくこのとき、メレアは自分のするべきことに一つの答えを見出していた。

戦う魔王たちを、羨ましそうに見ている魔王を見て、メレアは思った。

――彼らはきっと、すり切れてしまったんだ。

最初はああやって、下で戦う魔王たちと同じく、絶対に生き残ってやろうという気概に満ちていたのかもしれない。しかしそれが、追われ続けるうちにくたびれてしまった。

――でも。

一方で彼らは、こうして霊山に登ってきてもいる。そこにメレアはある確信を抱いていた。

彼らは、ああやって眼下で戦う魔王たちを羨ましく思うくらいには、

――希望を、探しているんだ。

かつての自分がそうだった。

彼らの目に見覚えがあったのは、かつての自分が病室の鏡にそんな目を映していたからだ。

最も荒々しい生と死の瀬戸際でもがいていたときの自分は、すがれる希望を探していた。信じてもいい、信じられる希望があれば、まだがんばれると思っていた。


そこで、メレアは近くにいた銀眼の少女と目があった。

〈アイズ〉。あの抱きしめれば壊れてしまいそうな華奢《きやしや》な身体をした、儚《はかな》げな少女。

彼女もまた、その顔に羨ましげな表情を浮かべていた。

だからメレアは、思い切って彼女に訊《たず》ねた。

「希望があれば、まだ君たちは諦めずにいられるのか？」

メレアは少女のひかえめな、それでいてたしかな、うなずきを見る。

そのときメレアは決意した。

この場での自分の立ち位置にひとつの区切りをつけるための、ある行動をする決意を。

◆◆◆

ふと、メレアの視界の端で光が散っていた。

メレアはほぼ反射的な動作で光へと視線を穿《うが》ち、その正体を確かめる。

あの白光砲撃の前兆だった。三発目の砲撃が、味方を盾にして奥に下がった術師たちの手元で形成されている。

その様子に気づいた交戦中の魔王たちも、大砲のような術式を撃たせまいとすかさずムーゼッグの人波へ突撃していくが、どうにも届きそうにはない。

そう確信したとき、メレアの手は勝手に動いていた。

「下がって」

メレアは片手で近くにいたアイズを下がらせた。さらに、もう一方の手を開いて眼下の戦場へ向ける。

ムーゼッグ兵たちが白光砲の術式を宙空に結んだ瞬間、メレアの赤い瞳もまた不思議な光を放った。直後、掲げた手のひらにおそるべき速度で術式陣が生成され――

「――下がれ!!」

今度はメレアの轟声《ごうせい》がその場に響いた。

メレアの手のひらから放たれた黒い光が、再度リンドホルム霊山の崖際を斜め下に突き抜けていく。それは足場と水平に放たれた白い光の砲撃を斜め上から打ちすえ、そのままかき消した。

二つの光が場から消失したあと、ムーゼッグの術式兵たちが急ぐ動きでメレアを見上げる。魔王たちもまた、その轟声に気づいてメレアの方を見上げていた。

互いが前のめりになって、完全な戦闘状態へと移行する寸前で、戦場がわずかばかり停止する。

その隙を、メレアは見逃さなかった。

よく通る声が、再び場を貫いていく。

「なぜ攻撃する！」

メレアの言葉は至極簡素ながら、確固とした答えを求めていた。

メレアには、最初で最後の問答が必要だった。それが、狭間に立っている者としての矜持《きょうじ》だった。

――ここを逃せば、おそらく次の機会はこない。

だからメレアは、彼らの答えも求めた。彼らとはすなわち――ムーゼッグの兵士たちである。

「なぜ警告もなしに術式砲を撃った！」

メレアの声は本当によく響いた。空気を絶妙に揺らすようにしてよく響くのだ。

それが〈楽王の声帯《ユルン・ユーラ》〉という英霊の因子によるものであることには、誰も気づかない。

「なぜ撃った？　――おもしろいことを言う」

と、そんなメレアの声に対し、ついに黒服を身に纏《まと》ったムーゼッグの術式兵たちが反応を返した。

いつの間にか彼らの顔には、マスクの上からでもわかるような嘲笑が乗っていた。

「そこに魔王がいるであろうと予想したからだ。魔王は万人にとっての敵だろう？」

その嘲笑は、二度もメレアの反転術式によって連係術式を潰され、術師としての自尊心を折られかけた彼らにとっての、唯一の反撃方法でもあった。

だから彼らは、メレアの問いにあえて答えた。

「そんな人間の敵に対して警告が必要か？　……いや、必要ないな。むしろ必要なのは先制の一撃だ」

魔王が具体的にどういったものであるかは言わない。魔王とはそういうものであると、相手の理解を見越して放たれる言葉。

人間の敵。

――……違う。

節操なく、強引なまでに意味の包括化がなされたそれが、実際には国家の敵であるという一部の人間のエゴを隠すためのものであることに、メレアは気づいていた。

――都合の良い、言いまわしだ。

魔王という言葉とその制度を、今は〈国家〉が都合の良いように使いまわしている。

だからきっと、国家の中に魔王に類似するような強者が現れても、その者が国家に忠誠を誓い続けるかぎりは、魔王にはならない。――フランダーのようには、ならない。

魔王として認定されるのは、それぞれの国家にとって都合の悪い存在だけだ。

メレアはムーゼッグ兵の言葉をどうにか聞き入れつつ、さらに訊ねた。

「……あえて訊《き》く。その魔王の名は」

「〈剣帝〉エルイーザ家の魔王だ」

「その魔王はお前らになにをしたんだ」

「なにも?」

「っ――」

悪びれずに彼らは言った。

彼らはメレアの抗議の意味を理解していた。なにを言おうとしているのかを、聡《さと》く察していた。

メレアの問いには時代に対する無知の香りが混ざっている。その香りをハイエナのごとく嗅ぎつけたうえで、わざとメレアをおちょくろうとしていた。それは自尊心を支えるためであり、また、腹の底でうごめきはじめたメレアに対する恐怖をなんとか宥《なだ》めるためでもあった。

「今代のエルイーザ家の末裔《まつえい》は、我らムーゼッグに対してはなにもしていない。かつてはもしかしたら傭兵《ようへい》として一度や二度、敵対したことはあったかもしれないが、それはそれで戦争だ。しかたのないことだろう」

「ならなんで！」

「〈魔王〉だからだよ。〈剣帝〉だからだ。帝号を持つ魔王の力は実に魅力的なのだ。特に剣帝の力はわかりやすい形になっている。――〈魔剣〉。あの事象割断をなす魔剣を奪うためだ。この術式最盛の時代において、あの剣は喉から手が出るほどに欲しい。……しかし、渡してくれないのだ。だから奪うことにした。我らがムーゼッグの繁栄のために」

その時点でムーゼッグのやり方にはあらんかぎりの暴虐性が表れていた。少なくともメレアにはそう感じられた。

だがなおも――メレアにはひっかかりがあった。

「……仮におとなしく魔剣を渡したら、お前らは剣帝から手を引くのか」

訊いた瞬間、彼らはまた笑った。

それから目を細めて、答えた。

「いや、引かない」

メレアは視界の端にいたエルマが強く拳を握ったのを見た。

「人間には欲がある。もし、あとあとになって剣帝が再び魔剣を奪い返しにきたら？　――まあ、一度懐に入れてしまえばあとはどうとでもなるだろうが、恨みに燃えた剣帝を相手にするのもまた面倒だ。我らにはほかにやることがある。それに何度も言うが、剣帝は魔王だ。ならば世のために、そうだな……」

言葉を放っていたムーゼッグ兵の視線が、一瞬、メレアからエルマの方へと流れた。

それから彼は再び視線をメレアへと戻し、言った。

「――殺しておこうか」

「っ、そこまで、するのか……！」

もう、それ以上の言葉が出てこない。メレアは言葉を聞いただけなのに顔を横殴りにされたような衝撃を感じていた。

それでも歯を食いしばり、最後に訊ねる。

「そこに、少しでも忌避の感情はあるか……！」

「忌避？　なにを忌避するというのか」

「そのやり方は賊のそれとなんら変わらないだろうにッ！」

仮にそれがムーゼッグ王国の方針であったとして、ならば軍人である彼ら自身に、人間的な忌避の感情はあるのか。そこに、せめて個人的な忌避の感情があるのなら、まだ救われる気がしていた。

メレアはそう思って、一度だけ彼らから視線を外す。わずかの間をおいてから、また彼らの顔を見た。そこに、あのあざけるような笑みがないことを、ひとりの人間として祈っていた。

だが、彼らの表情は――メレアの当たり前だと思っていた倫理観をずたずたに斬り裂く。

今までで一番のあざけりと煽《あお》りが、彼らの顔には乗っていた。

「違うな。貴様は勘違いをしている。いいか」

そして彼らは言った。

「我らは、英雄なのだ」

躊躇《ためら》いなく、その言葉は放たれる。

「我らこそが、母国のために魔王を討伐する――」

両手を広げ、謳《うた》うように。

「――英雄なんだよ！　ハハッ！」

その瞬間、メレアは二歩目を踏んでいた。

前に出した右足を追うように、左足が――地を蹴っていた。


今の世界と今の時代。その一端にみずからで手を触れ、メレアは知った。

そしてその上で、メレアには一つ、どうしても許せないことがあった。

メレアはまっすぐな視線を男へと向け、二度ほど首を横に振ってからはっきりと告げた。

「お前らは、英雄なんかじゃない」

別に、自分が正しい英雄だなんて言うつもりはない。英雄観だって人によってさまざまだろう。

しかし、だからこそ、メレアは自分の価値観のもとでそう告げた。

メレアにとって、この男たちは英雄ではなかった。

――英雄と讃《たた》えられたところから、一転して理不尽に魔王と罵られ、従わないからと毒まで盛られ、それでもなお間違っていることを間違っていると、その馬鹿なまでの頑固さで言い続けた甘い男を知っているか。

そう、彼は甘かった。

だが、そんな彼こそが、メレアにとっての英雄だった。

「お前らの矜持は、国家の掲げる矜持に都合よく左右されすぎる」

「人の意が集まったものが国家だ。その国家の矜持は人の矜持だ。それに左右されることのなにがわるい」

共同体である以上、そこに所属する人間が国家の矜持に従う必要があることもわかっている。だが、

「お前らのそれは過剰だ。あえて生贄《いけにえ》を生み出すことになんの疑問も持たないのか。お前らの言う人とは、お前らの国家が認めた人間だけを指すのだろう。そこに、魔王はいるのか」

ここまでくれば、もう返ってくる言葉はわかっている。

「いない。しかしこれが最も効率が良いのだ。それに、人が一人で抱ける矜持なぞたかが知れている。それを貫くことができる人間もまた、かぎられる」

「だからすべてを最初から諦めるのか」

「そういう貴様は追えるのか。時代という大きな波に潰されるとわかっていてもなお、そんな綺麗《きれい》なものを」

別のムーゼッグ兵がやや語気を強めてそう言った。

メレアはその言葉を受けて、わずかに意識の手をみずからの内面に伸ばす。

どうしようもないこともある。

メレアはそういうものがあることも知っている。その最たる例が、あの前世そのものであった。

しかしメレアは、それを綺麗事だとわかっていても、最初から諦めるつもりはなかった。

前はできなかった。

それでも精一杯やった。

彼らのおかげで、二度目のチャンスをもらえた。

そしてまだ、

――俺はこの世界でなにもしていない。

ならば今から、それを為そう。

「ああ、俺は追う。今、そう決めた」

メレアの目には、強烈な意志の光が灯《とも》っていた。

◆◆◆

メレアには誰にも言えない不安があった。

――俺はちゃんと、なにかを思えるのだろうか。

それは今までこの世界と関わってこなかったがゆえに抱いた不安だった。

――俺の中に、この世界に対する衝動はちゃんと湧いてくるだろうか。

閉ざされた空間で、閉ざされた関係性を生きていた弊害。今の世界を知って、実感して、そのとき自分がどんな思いを抱くのか、まだ知らなかった。それが少し――怖かった。

そして今、かつてフランダーが言った言葉が、脳裏に蘇《よみがえ》ってきていた。

『もし君が魔王として追われることになったら、君はほかの魔王たちと協力しなさい』

あのとき自分は、どう答えたか。

『そのとき俺は、魔王にとっての英雄を目指そう』

本当に彼らが悪徳の化身ではなくて、どうしようもない魔王という言葉の呪縛に囚《とら》われていて、それで、助けを求めていたのなら。

そう、言った。

本気で言った。

でもあれは――灰色の言葉だった。

本当に心からそう思えるのか、そのときになってみなければわからない。そんな思いもあったのだ。

だから、あの言葉には、はっきりとした色がなかった。世界との関わりの中で言えて、初めてあの言葉はたしかな色を持つ。

――なら、今こそ。

そこに色を見つけるときだ。自分は今、この世界に関わっている。

――フランダー、みんな。

メレアはかつて自分を見守ってくれた数多くの英霊たちを思い出した。

――誰かを救いたいと思うのは、みんなの衝動だった。

英雄はそうして生まれた。救世主だった。――自分はまだ、彼らには届かない。

そもそも自分は、彼らのような大勢にとっての英雄にはなれないかもしれない。

でも――

――ほうっておけないと思うのも、本当なんだ。

メレアの内には、たしかに衝動があった。

それに気づいたとき、メレアは安堵《あんど》と高揚を覚えた。

そして今ならきっと、あの言葉に色を添えられる気がした。

『俺は、魔王にとっての英雄を目指そう』

メレアの脳裏に、初めてその言葉が色を持って輝いた。

◆◆◆

メレアの眼下で、ムーゼッグの術式兵たちが動き出した。

反転術式を警戒してか、まだ大きな動きは見せていないものの、「話は終わりだ」とでも言うかのように、彼らの口は堅く閉じられている。じりつくような牽制《けんせい》のし合いが、わずかの間戦線を硬直させた。

そんな中で、今度はメレアの隣に一人の魔王がやってきた。

「メレア、お前は……」

〈剣帝〉エルマ・エルイーザ。彼女はその美麗な顔に申し訳なさそうな表情を浮かべ、メレアのことを見ていた。

対するメレアは、エルマの方を見ない。ただ、ムーゼッグ兵の一挙手一投足をさえ見逃すまいと、おそろしく鋭い視線を眼下に向けていた。

するとややあって、メレアの口から声があがった。

「俺は行くよ。希望があれば、諦めたくない思いを諦めずにいられると、そうここにいる魔王たちが言うのなら――」

眼下を警戒する鋭い様相とはかけ離れて、その声だけはとても優しげな音色をたたえていた。

「俺は、その希望になれるような道を、目指してみようと思う」

で揺れない。雪白の髪が、不意にやってきた寒風になびく。しかしそれとは対照的に、赤い瞳に宿る光はまる

「……そうか」

そう言葉を並べるメレアを見て、エルマの内心を複雑な思いが過《よぎ》った。

「――すまない。みな同じ立場なのに、お前一人に重荷を背負わせてしまった気がする」

「そんなことないよ。俺は誰になにを言われても、きっとこういう道を取った」

メレアは声に微塵《みじん》の震えも含ませずに言った。

そしてエルマはそのメレアの答えを聞いたとき、また同じように決意していた。

「――ならば、私も行く。お前を先頭に立たせてしまったことに対する責もあるが、それ以上にお前の言う抗戦への道に賛同した。ここまできたら、どこまでも抗《あらが》ってやる。私も、その道に続こう」

エルマはそう言って、ローブのフードを剥ぎながらメレアの隣に立ち並んだ。しっとりとした黒髪がなびき、淡い紫の瞳に強い意志の光が灯る。

「本当にこっちでいいの？」

ふと、そんなエルマに対し、メレアが短く訊《たず》ねた。

「ああ、決心はついたよ。それに、やつらが追ってきているのは〈剣帝〉である私だ。ここで私が逃げてしまったら、かえってほかの魔王たちにも危害が及ぶ。だから私だけは、あのムーゼッグに立ち向かわねばならないと、そう思ったんだ」

エルマはムーゼッグから逃げてきていた。まともにやりあっても勝てないと思っていたからだ。数が違いすぎる。相手は国家だった。

だが、今になってエルマは覚悟を決める。

自分と似たような境遇にある彼らを救うためならば、かつて自分の先祖がそうしたように、この剣を天にかかげよう。こんな状況だからこそ、せめてその心だけは、かの英雄のごとくあろう。

メレアの行動を見て、エルマの胸にはそんな決意が生まれていた。

「ムーゼッグは強国だ。だからほかの魔王たちは別の方角に逃げてもいい。足止めできるかはわからないが、それでもできるかぎりをやろう」

エルマはそれでもいいと本気で思っていた。しかし——それを許さない者がすぐ近くにいた。

「そのやり方はダメだ。俺の矜持《きょうじ》とぶつかる」

メレアがエルマの自己犠牲的な宣言に対して、はっきりとした否定の言葉を返す。

「それに、ムーゼッグが強国であるなら、あえてそこを抜けることでほかの勢力に対する優秀な壁になってくれる」

そういえばそんな話をしていたな、とエルマはいまさらになって思い出した。他国家同士を競合させる、というのは自分が最初に出した方策だ。

なればこそ、そこに一定の利があることも当然わかっているが、相手がムーゼッグではそこに大きな危険が伴うことにも気づいている。

しかし、エルマはここにきて、そういう否定的な言葉を口にすることができなかった。なぜなら、

——私はさっき、この男に行動の決定権を委ねてしまった。

あのときメレアを見た者たちの中に、エルマも交ざっていた。まだ決心が固まる前、エルマもメレアに願ってしまっていたのだ。だから、

——言えない。

自分に嘘《うそ》をつくことになる。この場でだけは、彼の指針に従うと決めた。

「俺は全力でみんなを助けるよ。なんと言われようと、自分で判断して、自分でそう決めた。だから、誰か一人でもおいていくのはなしだ」

たぶん、この男は甘い男なのだ。エルマは気づいてしまった。

彼の馬鹿みたいな甘さと、それをまっすぐに言えてしまう強さに。

そして、彼のその言葉を聞いてホッとしてしまった――自分の心に。

◆◆◆

メレアの言葉は、〈楽王の声帯《ユルン・ユーラ》〉による揺らぎに乗って、ほかの魔王たちにもしっかりと届いていた。

そしてそれは、とっさに動けなかった魔王たちの心に、強く響いていた。

『希望があれば、諦めたくない思いを諦めずにいられると、そうここにいる魔王たちが言うのなら――俺は、その希望になれるような道を、目指してみようと思う』

自分たちが決定権を委譲しようとした主《あるじ》が、そんなことを言った。

自身は魔王ですらないのに、自分たちに希望を見せるために、馬鹿みたいな信念を掲げようとしている。

彼らはメレアがまだ魔王でないことには、なんとなく気づいていた。あんなことをムーゼッグ相手に訊《き》くのは、本人が魔王でないか、とてつもない世間知らずであるかのどちらかだ。

だからきっと、あの〈未来石《フユーナス》〉に描かれていた言葉は、まさに未来のことだった。

彼はここで、魔王になる。

魔王を助けようとした者《まおう》として——このあとに。

そして、仮にそうした一連の行動がその世間知らずさゆえに出てきた言葉であったとしても——十分だった。

彼はこのムーゼッグの兵団を前にして、なおも自分たちを救おうとしている。

今までそんな者がいただろうか。


『誰か一人でもおいていくのはなしだ』


そんな主が、方針を掲げた。

ならば自分たちは、どうするか。

少しでも、まだ戦う力の残っている、自分たちは。

責任を押し付けた。一方的に願った。ここにいる者たちが協力し、結果的に自分が助かるためには、それが最善だと思ってそうした。

だったら、

——続くしかないだろう。

戦場への一歩をとっさに踏めなかった魔王たちの中にも、一つの決意が宿ろうとしていた。

はしなかった。

◆◆◆

戦場の空気が張りつめる。じきにこの停滞は終わる。

メレアは魔王たちに、決心のための時間を与えたかった。

誰かが大きく動けば、それが開戦の合図になってしまう。ゆえに、先に明確な動きを見せること

それでも、時はやってくる。

メレアは視界の端の方で、数人の術式兵が動いたのを見た。

外にはずれていくような動き。回り込むつもりだろう。

おそらくあれが、はじまりの合図になる。

――あとは、動きながら稼ぐしかないか。

それを察して、最後にメレアが隣のエルマに言った。

「――死ぬなよ。墓作りを手伝ってくれたお礼、まだしてないから」

「ハハ、そのままそっくり言葉を返そう。よい時間をもらった礼を、あとでさせてくれ」

エルマはそう言って、メレアの脇を肘で小突いた。

それに対し、メレアは少しばかり口角をあげてみせて――

――来た。

ついに、左と右から数人のムーゼッグ兵が回り込んできたのを捉える。

静かな開戦。しかしそれは明確な開戦でもあった。

「左は任せろ」

エルマが短く言って、足先を左に傾けた。対して、メレアは、

「なら、ほかはすべて任せろ」

そう言って、合掌していた。

「えっ？」

メレアの言葉を聞いたエルマは、身を左に弾《はじ》かせながら、呆《ほう》けた声をあげていた。

みんながちゃんと決心できるまでは、

――俺が戦況を支えてみせる。

そのために、研鑽《けんさん》を積んできた。

今こそ、かの英霊たちの力を。

我が信念を支えてくれる――その力を。

「〈雷神《セレスター・バルカ》の白雷〉」

パン、と、鋭い音が山頂にこだました。合掌の拍子に、メレアの手が音を生んだ。

同時、その手の間から音以外のあるものが生まれる。

それはおぞましいまでに複雑で、しかしとても美しい、術式陣だった。

異様な速度で宙へ展開されたその術式陣は、一瞬の間を経て白い雷に転化し、メレアの身体《からだ》に装填される。

そして次の瞬間――

メレアの姿がその場から消え去った。

それが超速度での移動によるものだとその場にいる者たちが気づいたのは、直後に右方でムーゼッグ兵の身体が三つほど吹き飛んでからだった。

「迎え撃てッ!!」

初動からしてそれはまともな速度ではなかった。

「くそッ!」

一撃で人を吹き飛ばす膂力《りょりょく》も常軌を逸していた。

「あ、あれが本当に人間の動きかッ……!!」

一体の怪物が、ムーゼッグの兵団の中へと紛れ込む。

悲鳴交じりの声をあげたムーゼッグ兵は、直後に空へ打ち上げられた。その横を一瞬で駆け抜けた白い雷の塊に打たれたのだ。

「ぐっ――！」

また、別のくぐもった悲鳴があがった。

「なんだッ！　なにが起こってる!!」

ムーゼッグ兵たちの焦燥をはらんだ声をよそに、白い雷を纏《まと》った怪物が戦場を駆ける。

〈英霊の子〉メレア・メアは、あきらかにその場にいる者たちよりも高みに君臨していた。

◆◆◆

「なんだあの体捌《たいさば》き……。術式系の魔王じゃなかったのかよ」

眼下の戦闘風景を見た魔王たちの中から、そんな震え混じりの声があがっていた。

その声の主は、あの砂色髪の青年――〈拳帝〉だった。彼は唖然《あぜん》とした様子で、眼下を駆けるメレアを見ていた。

「――ハハッ」

そんな〈拳帝〉の口から、次の瞬間、上ずった笑いが漏れる。

「マジかよ。俺が魔王ってんなら、アレはいったいなんだってんだ。……しくじった、俺今、希望を持っちまった」

興奮しているような、恐怖しているような、二つの表情が〈拳帝〉の笑みには滲《にじ》んでいた。

「気持ちはわからないでもないわ。あたしも似たような感覚、お腹《なか》の底に感じたから」

するとそこへ、紅髪の〈炎帝〉リリウムが現れて声をあげる。彼女の肩にはいつの間にか炎の鳥がとまっていて、好戦的なさえずりをあげていた。

「あんなこと言われちゃったらね」

リリウムは続けてそう言いながら、困ったふうに頭の横をかく。

「おやおや、結構感傷的ですね、お二人とも？」

そんな二人のもとへ、さらにもう一人の魔王がやってきた。金貨を象徴するような黄金《こがね》色の髪をした男――

「そういうあんたはどうなのよ――金の亡者」

〈錬金王〉シャウだった。

シャウはリリウムと〈拳帝〉の視線を受けて、得意げな笑みを浮かべていた。

「私ですか？　――ハハッ！　決まってるじゃないですか！　私は金のためなら泥船にも乗る男ですよ！」

「ホントあんたは清々《すがすが》しいわね……」

「しかも彼の船、結構丈夫そうですし……!!　ここは乗るしかないですねっ!!」

シャウが両腕を開いて高らかに叫ぶ。

リリウムが大きなため息をつき、二人のやり取りを見た〈拳帝〉は呆《あき》れたように笑った。

「お前らはなんだかんだ言って芯が強いんだな。――うらやましいよ」

「魔王にうらやましいなんて言っていいのは同じ魔王くらいですが、その点あなたには資格がありますね。ええ、幸か不幸か、奇遇なことに」

シャウが〈拳帝〉の言葉にすかさず答える。そしてさらに続けた。

「しかし、あなたはあなたでなかなか良い拳をお持ちのようだ。あなたはたぶん、私よりもずっと力強く戦える」

「……そうかもな」

「まあ、だからどうということでもないのですが」

「いや、わかってるさ」

「おお、ならばぜひ、私の未来の金のために今すぐ彼を助けに……!!」

「おい待て、それはなんか違うぞ」

〈拳帝〉はシャウに対して軽くツッコみを入れて、そのあとに襟を正しながら大きく深呼吸をした。

その顔にはいつの間にか苦笑が浮かんでいる。

「でも……ああ、そうだな。あいつにあそこまで言わせて、ここで俺だけ日和見してるわけにはいかねえ。……まったく、霊山登って、抗《あらが》うか逃げるか以外の別の——楽な道が見つかるかとも思ったが、結局見つかったのはつらい希望の道だったぜ」

〈拳帝〉は胸中に溜《た》まった弱気をすべて吐き出してしまおうとするかのように、言葉を並べた。

「そうね。……なら、諦める?」

リリウムがふと、そんな言葉を〈拳帝〉に投げかけた。

〈拳帝〉はリリウムの問いに、首を振って答える。

「いや、やるよ。俺は尻尾巻いて逃げてきたダセェ魔王だけど、ああして俺のために命張ってるやつらの思いを裏切るようなダセェ男にはなりたくねえんだ。……死んでもなりたくねえって、今、思ったんだ」

〈拳帝〉の言うどことない男の理論に、リリウムは「そう」とそっけなく返した。しかしそんな彼女も、瞳の中には強い意志の光を宿らせていた。

「だから、もう迷うのはやめた。行くところまで行ってやる。あのメレアってやつの背中を、追ってみることにする」

直後、二人の瞳が同時に眼下を見る。

「お前はどうする、金の亡者」

今にも目の前の崖を下りようと身構えた〈拳帝〉が、最後にシャウに訊《たず》ねた。

シャウは〈拳帝〉の言葉を受けて肩をすくめ、それから顔に自嘲気味な笑みを浮かべる。

「私には、私に合った役割がありますから」

「そうか。――そうだな」

〈拳帝〉はシャウの言葉を受けてちらりと後背に視線を向けた。

そこには魔王たちがいた。その瞳に各々の決意を宿した、魔王たちだ。

「向き不向きってのもある。だから――だからこそ、俺は行くぜ」

そんな魔王たちから視線を切り、ついに〈拳帝〉は足を前に踏み出した。

「あたしも行くわ。本当は前に出るの、あんまり得意じゃないんだけど。でも、少しはやれるから」

次いで、リリウムが紅《くれない》の長髪を手で払い、大きく深呼吸をする。

するとそんなリリウムに向かって、シャウが言った。

「くれぐれも気をつけてくださいよ。たまたま一緒に霊山に登ってきただけですけど、なんだかんだとあなたに死なれては寝覚めが悪そうですからね――リリウム嬢」

遠回しな激励とも取れるシャウの言葉。リリウムはそれを聞いて、ため息をついてから苦笑を浮かべた。

「あんたもかなりわかりづらい励まし方するわね、金の亡者。ま、なんかあんたっぽいって感じもするけど」

それから彼女は閃《ひらめ》いたように眉をあげ、ぴしりとシャウを指差して言った。

「じゃあ、本気でそう思うんなら、あんたはそのずる賢さだけは極まってそうな頭使ってあたしたち全員が助かる方法を考えてよね」

そのときのリリウムの顔には悪戯《いたずら》げな笑みがあった。そしてその言葉を受けたシャウの顔にも——同じような笑みがあった。まるで、長年来の友人同士が皮肉を言い合うような体《てい》で、最後に二人は言葉を交わした。

「よろしい。では取引です。あなた方が時間を稼いでくれたら、必ずやなにかしらの方策を見つけ出してみせましょう」

シャウが優雅な一礼を見せる。リリウムはその姿を数秒の間見つめて、そのあとに視線を切った。そのまま、崖から一歩躍り出る。

「まあ、あいつら術式兵で、ここがまったく安全ってわけでもないから、一応そこんとこも注意しなさいよ」

去り際、彼女は小さくつぶやいた。それは彼女の素直な気遣いの言葉だった。

シャウはその小さな声を捉えて、少し驚いた表情を見せる。しかし彼女はもう振り向かなかった。だからシャウも、彼女を振り向かせるような言葉は吐かなかった。代わり、シャウは眼下ですでに戦っているメレアを捜し、ちらりと映ったその姿に心の中で言葉を送った。

——身勝手な言葉ですけど、頼みますよ。あなたが言ったんですからね。全員を助けるって。

それからシャウはすぐに意識を切り替える。冷静に戦況を分析するように、鋭い視線を眼下へと向けはじめた。

そうしてまた三人の魔王が、白い髪の魔王に続いていく。

◆◆◆

メレアはすべての敵の注意を引きつけるように、高速で戦場を駆けていた。莫大《ばくだい》な速力を与えてくれる〈雷神《らいじん》〉の術式を身体に装填し、ただひたすらに敵を打つ。

メレアにはこういうときのためにと数々英霊と打ち合った経験があったが、

——重い。

そんな経験と、今実際にムーゼッグ兵の身体を掌打で打ちすえているという現状を重ね合わせて、それが決して同じものではないことにも気づいていた。

戦う。人間の身体を打つ。

外形は変わらないのに、そこに討とうとする意志があるかないかで本質が変わってくる。

人の身体を打ったときに手に伝わってくる感触は、重く、気持ちが悪かった。

——それでも打て、メレア。

しかし、メレアは動きを止めなかった。

——打たねばお前は死ぬし、彼らも死ぬ。

伝わってくる嫌な感触を使命感でかき消し、最も優先すべきものを改めて脳裏に思い浮かべ、身体に刻まれた戦いの記憶に動きの選択をゆだねていく。

人が普通の生活をしている裏でこのリンドホルム霊山に一人こもり、数々の英霊によって研鑽の日々を積まされたその身体は、間違いなく強靭《きょうじん》だった。

そしてそんな日々を腑抜《ふぬ》けずに駆け抜けたメレアの精神もまた、強靭だった。

――来る。

メレアの五感が周囲からの殺気を感知する。前方、左右、後背。自由に移動させまいとしているのか、ムーゼッグ兵たちは隣り合う仲間との距離を詰め、まるで隙間のない網のようにメレアを取り囲んでいた。

しかしそれを見ても、メレアはまるで動揺しない。

身体は、よどみなく動いた。

「っ！」

一人、最前列にいたムーゼッグ兵がメレアへ斬りかからんと突進してくる。メレアはその兵士に対し、あえて前に踏み込んだ。

「なっ！」

近接と同時、驚愕《きょうがく》の表情を浮かべた兵士の顎を神速の掌打で打つ。さらにメレアは体勢を崩したその兵士の肩に足を掛けた。

「上だッ!!」

直後、メレアの身体が兵士の肩を足場にして天へと飛び上がる。体勢のぶれ一つなく飛び上がったメレアの身体は、やがて上昇の頂点でくるりと翻った。

「――」

まるで天に吊《つ》られるかのような体勢で、メレアは周囲一帯をぐるりと目視する。仲間の位置、ムーゼッグ兵の位置、おおよその優劣状況に、敵が展開させているいくつもの術式陣。

「術式展開」

常人離れした動体視力と空間認識能力で瞬間的に状況を把握したメレアは、直後、両手に猛然とした勢いで術式を編みはじめた。

「ば、化物《ばけもの》めっ……！」

二つ、四つ、六つ――空中で身体をひねりながら次々と術式陣を展開させ、跳躍の軌道上にそれを置いていく。

数瞬後、その術式陣の一つ一つから方々へと事象が放たれた。

それらは別の場所で魔王たちを攻撃しようとしていた術式兵たちの手元へ狂いなく走り、その手に形成されていた術式陣に直撃する。

「っ！」

思わぬ方角からやってきた攻撃に、ムーゼッグの術式兵たちは驚愕を顔に映し、その一瞬の硬直にほかの魔王たちが彼らを打った。

「逃がすなッ！　追えッ！」

メレアが彼らの包囲網をたやすく飛び越え、着地すると、再びムーゼッグ兵たちが動き出す。

対するメレアは、今の全体への援護で戦況がわずかに傾いたことを察知して、着地と同時に今度は仲間が抗戦している場所へと駆けだしていた。

◆◆◆

ときおり絶妙なタイミングで飛んでくる援護術式に内心で驚愕を浮かべながら、エルマはその手に持った魔剣を振るっていた。

「剣帝め……！」

今、目の前で袈裟《けさ》に斬り伏せたムーゼッグ兵が、憎々しげに自分に言った。

「そうだ、私は剣帝だ」

エルマはその言葉に短く答え、そしてすぐに視線を切る。周りにはまだほかの敵がいた。

──そう、私はどうあがいても〈剣帝〉なのだ。

振り向きざま、上から斬りかからんとしていた兵士の胴部を横一線に斬り抜ける。返り血が頬にはねた感触があった。

──ならばせめて、この剣を振るう相手は自分で決める。

いろいろな言い訳を探していた。けれども気づいた。自分には夢があった。望みがあったのだ。

だからこうまでなっても、魔剣を捨てなかった。

──私はそれでも、誰かにとっての英雄でありたかった。

かつての先祖のように、誰かのために剣を振るいたかった。この魔剣は歴代の〈剣帝〉がそんな思いを叶《かな》えるための糧としてきた剣なのだ。自分はきっと、この名と剣に少しの憎しみを抱きながら、でもそれ以上に──

──この名と剣に、誇りを持っていたのだ。

「だから、もう魔王でも構わない」

もう、決めた。自分はこの剣で、自分の信じる英雄を目指そう。たとえ周りから魔王と呼ばれることになっても、ここまで捨てずにいられた誇りを、信じていくことにする。

エルマは前を見据えて言った。

「私こそが――〈剣帝〉だッ！」

みずからを鼓舞するような雄叫びのあと、その身はしなやかに戦場を走った。

目の前のムーゼッグ兵が手元に術式を編んでいる。あと十歩。

――届く。

エルマの身体が一瞬で加速する。

術式が放たれたのとエルマの魔剣が振るわれたのは同時。

しかしその魔剣は、ムーゼッグ兵の手元に現れた術式炎もろとも兵士の身体を斬り裂いた。

事象割断。実体の薄い術式にさえ及ぶ魔剣の割断能力が、戦場に閃く。

直後、エルマは後方からの轟音《ごうおん》に気づいた。振り向きざまに魔剣を横に振るう。

「くそっ、勘のいいやつ！」

後背から迫ってきていた炎球が真っ二つに割断され、それを放ったと思われるムーゼッグ兵が悪態をついているのがエルマの視界に映った。その兵士はすぐさま第二射を手元に装填する。

エルマはすかさずその兵士に接近しようとするが、一歩を踏もうとした瞬間に左右からいくつかの小さな炎球が飛んできた。別の兵士の援護だ。

「っ！」

エルマは神速とも呼べるような剣速でそれらをすべて叩《たた》き斬り、援護が緩んだ隙を見計らってさきほどの兵士のもとへ再び走ろうとした。そうして視線を向けると――

「ははッ！　さすがにこの大きさの火球は斬れまい！　――〈蒼火大球《そうかたいきゅう》〉」

あの兵士が、天に掲げた手の上に、巨大な蒼《あお》い火球を生成していた。エルマの身体が三つは入ってしまいそうな直径。最初の火球とは比べものにならない。

兵士は勝ち誇るような表情を浮かべて、すぐにその蒼い火球をエルマへ向けて撃ち放った。蒼い業火がエルマに迫る。

対するエルマは、

「〈帝型一式〉」

一つも慌てた様子を見せず、至極整然とした佇まいで、魔剣クリシューラを上段に構えていた。

そして——

「——〈無想天水《むそうてんすい》〉」

火球がエルマの目前に迫った瞬間、その中心線に銀光が走った。縦に、まっすぐ、おそろしい速さで。

「は？」

ムーゼッグ兵の呆《ほう》けた声があがったときには——蒼い火球が真っ二つに割断されていた。

空中で霧散するように消えた蒼火の中から、魔剣を振り下ろした体勢のエルマが現れる。

「〈二式〉——」

彼女の身体はその体勢から今度は猛然とした速度で前に弾《はじ》けた。地を這《は》うような前傾姿勢での疾走。魔剣が地面を削ってかりかりと音を立てる。

兵士が後方へ下がろうとしたときには、すでにエルマがその懐に潜り込んでいた。

「〈地擦猛火《じずりもうか》〉」

今度は下から上へ、銀光が閃く。兵士の鮮血が宙を舞った。

「け、剣帝め……」

そのムーゼッグ兵はエルマが前に斬った兵士と同じ言葉を残しながら、地面に崩れ落ちた。

「恨め。悪言はいずれ〈魂の天海《てんかい》〉で聞こう」

短く言葉を残したエルマは、すでに別の方向へ視線を移していた。


近場にいる敵兵を片っ端から斬り伏せて、ようやくエルマは大きく息を吐いた。

「……やはり増えているな」

ムーゼッグ兵の数が増えていることに、エルマは気づいていた。

——さすがにこれが本隊ということはないか。

おそらくこの術式兵は先遣隊だろう。ムーゼッグの軍事力は錬度もさることながら数が多い。ならば本隊とも呼べるものが、まだ霊山の中腹あたりにいるのかもしれない。

ふとそのあたりになって、エルマの視界に白い光が映り込んだ。——メレアだ。

メレアは白い雷を身体にまとって、すさまじい速度で戦場を左から右に駆け抜けていた。

そんなメレアの赤い瞳が、不意にエルマの方を見る。エルマもまた、たぐいまれな動体視力でそれを捉えていた。

「ハハ——」

メレアの目は、まるで『助力はいるか』とでも言っているかのようだった。自分よりはるかに多い数の敵を引きつけながら、その途中でこちらの心配までする。

——本当に、甘くて……

「強い男だな」

エルマは言った。そしてその赤い瞳に言葉を返した。

「心配は無用だッ！」

エルマは叫びながら反転する。

――案ずるな。私は一人で大丈夫だ。

そこまで荷物ではない。せめてその背を任せてもらえるくらいには、ここで力を見せなければ。

――〈剣帝〉が口だけだったと言われるのは、嫌だからな。

エルマは反転と同時に視界に入った敵影へ、再び身を飛び込ませる。

剣帝の黒髪が、鮮血と一緒に霊山を舞った。

◆◆◆

「うわぁ……、〈剣帝〉もスイッチ入っちゃってるじゃない。もしかしてあたしだけ場違いかも……」

今しがた聞こえてきたエルマの凛《りん》とした声に、〈炎帝〉リリウムは思わず身をびくりと跳ねさせていた。彼女はちょうど、主戦場の外縁から術式による補助を行っているところだった。

「〈拳帝〉の方もあんなこと言ってたわりにずいぶんやるようだし……」

共に戦場へと下りた砂色髪の青年の方も、両腕から不思議な光る粒子をまき散らしつつ豪腕を振るっている。巨漢というわけでもなく、際立って筋骨隆々というわけでもないのに、その拳に打たれたムーゼッグ兵の身体はかなりの距離を吹き飛んでいた。あの光子をまとう両腕に秘密があるのかもしれない。

「あれが〈拳帝の魔拳〉ってやつなのかしら……」

対し、自分の得意とする術式――その号の由来ともなった秘術〈真紅の命炎〉は、あまり真っ向からの戦闘を得意としていなかった。

「っ、〈炎鳥《クルール》〉！」

と、リリウムは自分の周囲を高速で飛翔《ひしょう》していた炎の鳥の名を呼んだ。視界の端に敵の姿を捉える。今にも別の魔王の背中を狙って術式を放とうとしているムーゼッグ兵だ。

炎鳥はリリウムに名を呼ばれると、本当に生きているかのような細やかな挙動で宙を反転し、高速でそのムーゼッグ兵へと飛翔していった。

「打ちなさい！」

炎鳥が敵の手元へ体当たりを放つ。そうやってなによりも先に術式の生成を阻んでから、続く動きで直接体当たりを叩き込む。連打だ。

「遠くに飛ばすたびに胆《きも》が冷えるわね……」

その間に、術式の狙いとされていた魔王がムーゼッグ兵に気づき、決定打を叩き込んだ。魔王が片手をあげて短く礼を言ったのを見る。

——礼を言いたいのはこっちだけどね。

リリウムはその魔王に片手をあげ返しながら、内心でつぶやいた。

自分はあまり肉体が頑強な方ではない。だから戦場の中心に飛び込むのはさすがにつらいものがある。

——足手まといになっちゃったら元も子もないし……。

しかし、自分にもある程度は戦える力がある。戦いたくても戦う力を持たない魔王たちとは違って、自分はまだ前に出られる。だから、少し怖いけれど、前に出ることにしたのだ。

——そういうことよね。

リリウムは崖を下りる前に〈拳帝〉がこぼしていた意味深な言葉を思い出した。

『向き不向きってのもある』

その意味するところを、リリウムもまた察していた。

「〈炎犬《メルヴィ》〉！　行って！」

リリウムは新たに術式を編む。地面に手をついて、そこに術式陣を描写した。すかさずその術式陣の中から一匹の炎で象《かたど》られた犬が現れる。

「かき回して来なさい！」

その炎の犬を、ひときわムーゼッグ兵が集まっている場所に放った。炎犬は四足動物独特のブレの少ない疾走姿勢で霊山の山頂を駆け抜け、ムーゼッグ兵たちへ牙を剥《む》く。

と、そのあたりでまた、リリウムの視界に嫌なものが映った。

――っ、あれは……！

視界の隅、崖上に残っている魔王たちのもとへ登っていこうとしている一人のムーゼッグ兵を見つける。すでにかなりの高さまで登っていて、その光景はリリウムの胆を冷やさせた。おそらくほかの仲間を遮蔽物にして、主戦場で戦っている者たちの目をかいくぐったのだ。

「やらせないっ！　〈炎鳥《クルール》〉！　〈炎虎《セルート》〉！」

リリウムは即座に炎鳥をその兵士目がけて飛ばし、加えて炎の虎を召喚して援護に向かわせた。

「あんたらでかいこと言うわりにやることが狡《こす》いのよ！」

どうにか、間に合った。ムーゼッグ兵は炎鳥に打たれて崖を落ち、下に待ち構えていた炎虎に追撃される。

その光景を見て、リリウムは額に汗を浮かばせながら一息をついた。ほかに崖を登っている敵影はない。ひとまずは大丈夫だろう。

が、次の瞬間。

「っ！」

背後でジャリ、という不気味な音が鳴る。

「——やばっ」

リリウムが急いで振り向いた先。

勝ちを確信して嬉々《きき》とした笑みを浮かべたムーゼッグ兵が、剣を振り上げた体勢で立っていた。

◆◆◆

メレアは敵味方入り乱れつつある主戦場のど真ん中にいた。

自分が突撃したあと、魔王たちの何人かが続くようにして戦場へ下りてきたことには気づいている。ときおり彼らの位置を確認しながら、なおもメレアはあえて目立つように動き回っていた。

そんなメレアは、ふと視界の上隅を不思議な炎の鳥が飛翔していくのを見る。なにげなくその炎の鳥が向かう先へ視線を運ばせると、その先に——

今にも背後から迫った凶刃《きようじん》に斬られようとしているリリウムの姿があった。

——っ。

それを見た瞬間、メレアはほかのすべてを置いて一直線にリリウムのもとへ駆け出す。

白雷をまとったメレアの身体が、すさまじい速度で動き出した。

◆◆◆

リリウムはたしかに見た。

左から自分と敵との間に身をすべり込ませるようやってきたメレアが、白雷をまとった手刀で敵の剣を逆に両断したのを。

さらにメレアは左膝で敵の顔面を思い切り蹴飛ばし、すれ違いざまに敵の意識をも刈り取っていく。

そして自分が助かった、と思ったときには、すでにメレアが目の前を横切り終えていて、

「わ、わ、ちょ、ちょっと」

そのまま後ろへと回り込み、自分の身体を抱きかかえていた。

唐突にメレアに抱きかかえられたリリウムは思わず声をあげるが、まだ身体は今のピンチの硬直から復帰していなくて、身じろぎすら起こせない。

「怪我《けが》は!?」

すると、メレアが上から焦燥した様子で訊《たず》ねてきた。表情はこわばり、声は上ずっている。今目の前で起こった出来事との落差に、思わずリリウムはきょとんとなった。

「あー、えーっと……」

こうして抱きかかえられていると不思議と安心する。

――いやいや、そうじゃない。

リリウムは首を振った。やや遅れてようやくすべての状況をしっかりと把握し――

「……っ」

最初に、震えが来た。――危なかった。たぶん自分は思っている以上に危うい位置にいた。

「リリウム！」

その間にもメレアは上ずった声で自分の名前を呼んでいる。赤い瞳で自分を観察する様子は、怪我はないか、どこか攻撃された箇所はないか、細かに探すようでもあった。

リリウムはむしろそんなメレアの様子を見て――逆に平常心を取り戻した。

「あは、あはは。あんた、意外と普通なのね」

リリウムはメレアの腕の中で小さく笑みを浮かべて、メレアを安心させるようにその肩をぽんぽんと叩《たた》く。

「大丈夫、大丈夫だから」

「ホ、ホントに？」

「本当よ。ほら、だからあたしのことは気にしないで。大丈夫、もう下手は打たないから」

このままメレアを独占してしまっては、戦場全体が傾きかねない。そのことをリリウムも明晰《めいせき》な頭脳で察して、すぐにメレアを奮い立たせることにした。

――これはこれで、ひどいやりようね。

メレアに重荷を背負わせる。メレアの強さに今は寄り掛かっている。

でも、それしかないのだ。あとで埋め合わせはしよう。このままでは終わらせまい。

「ありがとう――って、最後の最後にまた言うから、あんたもここで倒れちゃだめよ」

「うん」

「じゃあ、お願い。あたしにはすべてを救えるような力はないけど、それでもあたしなりにできるかぎりをやるから――」

リリウムは偽ることなく、まっすぐにその言葉を口にした。

「あたしたちを助けて」

「ああ。――必ず」

メレアはリリウムの言葉を受けて、力強いうなずきを返した。

そしてまた、踵《きびす》を返してその身を主戦場へと飛び込ませていく。

リリウムはそうやって駆けていくメレアの背を心配そうな目で見ていたが、増えてきた敵影に気づいて、すぐに意識を戦いへと切り替えた。

「そう、生き残るのよ、全員で」

紅髪がその手に宿る炎のように舞い、彼女に付き従う幾体もの炎獣が再びその身を躍動させた。

◆◆◆

「エルマッ！　生きてるか！」

主戦場へと戻ったメレアはエルマの名を呼んだ。自分と同じく、ほかの魔王から離れて単独で敵を引きつけていた彼女。

さらにそれをきっかけにして、ほかの魔王たちにも安否の声を求めた。

すると次第しだいに魔王たちから声が返ってきて、

「私も無事だ！」

エルマの声も返ってくる。

声の方を見れば、エルマは三人のムーゼッグ兵を前にして剣を構えているところだった。

そんなエルマに対し、うち一人のムーゼッグ兵が術式を放つ。エルマはそれに遅れることなく反応し、魔剣で術式を斬り裂いたあと、返す一閃《いっせん》でムーゼッグ兵の腹部を斬り抜けた。

手練《てだ》れだ。メレアから見ても彼女は戦人《いくさびと》として優れていた。

やがてメレアは、周囲にいたムーゼッグ兵を大きく打ち散らしてエルマに近づいていく。と、その途中、エルマの死角から一人のムーゼッグ兵が術式を編もうとしたのが見えた。

「大人しくしてろ！」

メレアは即座にその兵士に向かって反転術式を放つ。赤い氷の長槍《ちょうそう》が術式陣から放たれ、ムーゼッグ兵の手元に生成されようとしていた青い氷の長槍に激突した。術式は相殺《そうさい》され、兵士が悪態をつく。メレアはさらに追撃を加えようと走り出し――直後、背中に殺気を感じた。

とっさに振り向いた先、剣を振り上げた別の兵士が迫っていた。

「伏せてろ！」

すると、メレアが剣を避けようとしたところに鋭い声がやってくる。

エルマが魔剣を片手に傍《そば》へ走り込んできていた。

一閃。

声にしたがってメレアが頭を下げた瞬間、その頭上をエルマの居合抜くような斬撃が走る。

ムーゼッグ兵の悲鳴を耳にしながらメレアが身を起こし、またエルマもそんなメレアの背に寄って、ついに二人は背中合わせに並び立った。

「それにしても、まったく減らんな。さすがにうんざりしてくる」

エルマがやや弾む息でそんな文句を漏らした。

「ああ」

メレアはその言葉に短く答える。

次いで、顔に思案げな表情を浮かべて付け加えた。

「――突破口を開こう。ほかの国家のことも気になるから、やっぱり機を見て逃げる方がいい」

ほかの魔王たちの疲労度を見るに、おそらくじきに限界がやってくる。向こうは新しい戦力が続々とやってくるのに対し、こちらは身ひとつでの継戦だ。自分が戦えても、ほかの魔王たちは持たないかもしれない。メレアは戦いながら考えていた。

そしてその上で、第一の目的を見誤ることはなかった。

「だとして、どうやって下りる？」

「最悪、戦いながら」

「はっ、伝説を作れそうだ」

エルマは笑ったが、しかしそれ以外に答えが出そうにもなかった。

「上にいる魔王たちがなんらかの方策を練ってくれていると助かるんだがな」

エルマがちらりと崖上を見てから言う。

「そうだね。さっき跳びあがったときに見たら、彼らもなにか話をしていた。だから、もう少しだけ粘ってみよう」

「そうか。なら、それまで確実に時間を稼がねば――な！」

エルマが目の前にやってきたムーゼッグ兵を斬り伏せながら、再び前に出た。メレアもそれに合わせ、エルマとはまた別の方向へ身を弾《はじ》く。

と、最後にもう一度崖上の様子を確認しようとメレアが視線をあげたとき――

――彼女は……

そこに、軽業師のような軽快な動きで崖を登っていくメイド衣装の女が映った。

なにごとか、とメレアが考える前に、左右から術式が飛んでくる。メレアはそれらをとっさの反転術式で防ぎ、もう一度メイドの姿を捜した。

そのときにはすでに、彼女は崖を登り切って、奥の方へ姿を消そうとしていた。

◆◆◆

おそらくこのとき、激戦の繰り広げられている崖下の戦況を最も的確に把握していたのは、実際に戦っているメレアたちでもなく、上からそれを分析しているシャウでもなく――さらに上方から特殊な魔眼によって広い範囲を目視していた〈天魔〉アイズだった。

――みんな、怪我、しないで……

アイズはただひたすら、祈っていた。そして戦えない自分を、不甲斐《ふがい》なく思っていた。

〈天魔の魔眼〉。天に住む魔物の眼《め》と形容されたそれのおかげで、ほかの魔王たちが必死に戦っているのがアイズには見えていた。

そして同時にアイズは、自分が彼らとともに戦場に出ても足手まといにしかならないことを客観的事実として把握してもいた。

――わたしはきっと、一番ずるい。

霊山に集まった魔王は、実は二種類ではなかった。正確には、三種類の魔王がいた。

戦う力があって、まだ生きることを諦めていなかった者。

メレアの鼓舞によって、すり切れてしまった思いを再び繋《つな》ぎ合わせ、また戦いはじめた者。

そして同じくメレアの鼓舞に応えながらも、現実的に自分に戦う力がないことを知っていて、動けずにいた者。

アイズは、三番目の魔王だった。

しかしそんなアイズも、使うことを忌避していた〈天魔の魔眼〉をあえて使うことで、少しでも役に立てないかともがいていた。

結果、彼女がまっさきにその戦況の変化に気づく。

——っ。

今、激戦部からさらに下った場所に、黒い衣装に身を包んだ一群を見た。

これまでも少しずつ増えてきていたムーゼッグの術式兵たちだが、どうにも今見えた一群は様相が違う。その黒い衣装は、鈍く光っているように見えた。

あれは布ではない。おそらく——

——鎧《よろい》。

アイズはさらにその一群を観察するべく、可能なかぎり天魔の視覚を遠くに飛ばす。

角度を変え、ついにはっきりと姿を捉えた。

武骨な近接装備を身にまとい、術式兵たちとは比較にならない数で、山頂までの道のりを登ってきている兵士たち。——間違いない。

——本隊っ……。

直後、アイズは声をあげようとした。崖の縁に立って、眼下の戦況を注視している〈錬金王〉シヤウに、そのことを告げようとした。

だが、そうやって天魔の視覚をいったん自分の周囲に戻したとき、今度はまったく別の異変に気づいてしまった。

「——」

自分たちの後背から、すでにその近接兵の数人が迫ってきていた。——回り込まれていたのだ。

気づき、振り向く。

アイズの常人としての視界に、今まさに山壁を登りきった二人の黒鎧兵《こくがいへい》が映った。

距離はまだある——と思ったのもつかの間、彼らは腰に差していた短剣をすばやく引き抜いて投《とう》擲《てき》してくる。

計二本。向かう先は自分ではない。近くにいた二人の少女たちの方だ。

声をあげている暇などなかった。ここに残っているのは自分と同じく戦う力のない者たち。

そのことが脳裏をよぎり——アイズは衝動的に動いていた。

アイズは標的となっていた二人の少女に覆いかぶさるように、その身を凶刃の前へ飛び込ませた。

「っ……！」

目をつむる。来るであろう衝撃に身を強張《こわば》らせた。

「……」

しかし、数秒経《た》っても衝撃はこなかった。

おかしい。そう思ってアイズは目を開ける。最初に、自分よりもずっと小柄な二人の少女が腕の中で驚いた顔をしているのが映った。

それからアイズは少女たちを抱いたままで振り向く。

そこには――

「物騒なものを投擲なさらないでください。これはお返しいたしますね」

飛んできた短剣を両手に一本ずつキャッチし、それをそのまま黒鎧兵に向かって投げ返している
メイド衣装の女がいた。

投げ返された短剣は来たときよりもずっと猛然とした速度で兵士たちの鎧の隙間に吸い込まれて
いく。

「ぐぁっ……！」

低い悲鳴が黒鎧の内側からあがった。

さらに直後、短剣の投擲と同時に前に走り出していたメイドが二人の兵士の傍に近接し、彼らが
体勢を立て直す前にその首をつかむ。そのまま細腕に見合わぬ膂力《りょりょく》で二人をひょいと持ち上げた。

「では、ごきげんよう」

そしてメイドは、二人を崖下に投げ返した。黒鎧兵たちの悲鳴と悪言が耳をつく。

と、彼らを放り投げたメイドは、掃除の締めのように白い手袋をはめた手を叩いたあと、今度は
反転してアイズたちのもとへ戻ってきた。

「お怪我《けが》はありませんか？」

精巧につくられた人形のような美を呈するメイドが、アイズの傍らに膝をついて訊《たず》ねていた。

「あ、あの……」

アイズはまだ目の前で起こった出来事にうまく整理がつけられず、とっさに口が回らなかったが、

ややあって、自分が助けられた、という事実だけはしっかりと把握し、

「あ、ありがとう、ございました」

礼を言った。

「いえ、主人の命《めい》を守るのがメイドとしての責務でございますので。――全員を助ける、というのがあの方の望みでございました」

そう言って彼女が美貌にちらりと乗せた微笑に、アイズは思わず見惚《みと》れていた。


「大丈夫ですか⁉」

それから数秒あって、崖際で戦況を窺《うかが》っていた〈錬金王〉シャウがアイズたちのもとへ駆けてくる。その顔には慌てた様子があった。

「う、うん……」

アイズはまだ少し足が震えていることを感じながら、シャウの声に答えた。

「すみません、前ばかりを見ていたら足をすくわれました」

そう言うシャウは至極真面目な顔をしていて、リリウムと喋《しゃべ》っていたときの剽軽《ひょうきん》さは微塵《みじん》も感じられない。

「しっかりしてください。あなたがへまをするとわたくしの主人が害を被るのですから」

すると、アイズの傍らに跪《ひざまず》いていたメイドが立ちあがり、やや棘《とげ》のある言葉をシャウに放った。

「ええ、申し訳ありません。今のは弁明のしようもありませんね」

シャウはそんなメイドの指摘にも素直な謝罪を返す。

「……それにしても、あなたもよく気づきましたね。裏からムーゼッグ兵が回り込んでいたこと

に」

そのあとで、シャウはメイド本人の方に観察するような視線を向けた。メイドはシャウの言葉に小さく眉をあげて反応するが、しかしそれ以上のリアクションを見せることもなく、淡々として答える。

「完璧なメイドたるもの、いついかなる状況でも主人の周囲への警戒は怠りませんから」

そう言ったときの彼女の顔は、ほんの少し自慢げにも見えた。シャウはその表情を見逃さなかった。

「あー……、マリーザさんでしたっけ？　助けられた身でこんなことを言うのは失礼かもしれませんが……、あなたもたぶん変人ですよね？　いや本当に、助けられた身でこんなことを言うのは大変心苦しいのですが――あなたは変人です」

結局シャウは断言した。顔には若干ヒき気味の笑みがある。

「というか主人？　さっきから気になってたんですが、あなた、ここに主人がいるのですか？」

「いいえ、さきほど勝手に主人に認定いたしました」

しれっと告げられた言葉に、「なんて理不尽な……やっぱりこのメイド奇天烈《きてれつ》ですよ……」とシャウが漏らす。そしてさらに訊ねた。

「ちなみに訊《き》きますが、誰を？」

「あの、メレア様をです」

「いつの間にそうなったんですかっ！」

シャウが思わずというふうに声を張り上げた。

するとメイド――マリーザは、これまでの冷然とした様相をはじめて崩し、少し面倒くさそうな表情を顔に浮かべる。

「いいじゃないですか、面倒ですね。――あ、それとあなた、あまりこちらに近づかないでくださいね。金の亡者臭がものすごく鼻につきますので」

マリーザが鼻のあたりをわざとらしく手で覆い、逆の手でぱたぱたと扇《あお》ぐ仕草を見せる。

「あ、私も今理解しました。あなたエセメイドですね」

シャウがじとりと目を細めて言った。

「……でもこれ以上深入りすると厄介そうなので今追及するのはやめることにします。あんまり悠長にしている時間もありませんし……」

シャウはそう付け加えて、再び眼下の戦況へ意識を戻した。

「あ、あの、もう、ムーゼッグの本隊が……来てる、かも」

と、二人の会話の切れ目に、今度はアイズの声があがった。

シャウはその声に反応して、再びアイズの表情を窺う。

「――本隊、ですか」

アイズの表情に不安と焦燥《しょうそう》が入り交じっているのを見たシャウは、むしろそれゆえにその言葉を信頼した。それから思案げにうなりはじめた。

「たしかに、今の敵も装備の様相が違っていましたね。となると、そろそろこの場で耐えるのも限界でしょうか。まだ確実な生存戦略が立てられていないのですが……」

マリーザも同じく、表情の変化こそ少ないものの、考えるような仕草を見せていた。

するとそんな重い空気の場所へ、不意に三人のどれとも違う声が割って入ってくる。

「おねーちゃん！　助けてくれてありがとう！」「ありがとう！」

子ども特有の、高く伸びやかな声。

アイズがさきほど身体を張って守った二人の少女が、瓜二《うりふた》つの顔に無邪気な笑みを浮かべて、アイズを見上げていた。

そして、その双子の少女たちを見たシャウが、次の瞬間、

「——あ」

なにかを閃《ひらめ》いたように短い声をあげた。

シャウはその双子の少女たちが、あの墓作りのときに水と氷の術式を駆使して器用に氷像を作っていたのを、思い出していた。

◆◆◆

「クソがっ！　どんだけ下にいやがるんだ！」

崖上でシャウが閃いたような声をあげたとき、メレアの耳には悪言が届いていた。メレアは何人目かもわからない目の前のムーゼッグ兵を退け、声の方を振り向く。

「こんだけ戦力あんならもう魔王の力とかいらねえだろ！」

メレアが顔を向けた先に、砂色髪の青年がいた。

——たしか、エルマと話していたときに〈拳帝〉って……

思い出す。と同時、彼の両腕に意識が向いた。

その砂色髪の青年の右腕は、真紅の炎に包まれていた。そして左腕には——

——〈雷神《セレスター・バルカ》の白雷〉？

メレアがまとっていた白い雷と、非常によく似た雷が弾《はじ》けていた。

メレアはそこまでを観察し、敵がその〈拳帝〉の方に集中しはじめたのを見かねて、すぐに彼の方へ走り出す。

〈拳帝〉の周りに集まりはじめていた敵を一気に打ち散らし、メレアはついに〈拳帝〉の背中に立ち並んだ。

「おわっ！　急に背中に来るんじゃねえよ！　お前動きが速すぎて感知しづれえから心臓に悪いわ！」

〈拳帝〉はいきなり現れたメレアに弾んだ声を返していた。

「そんなこと言われてもな」

「ああいや、わかってはいるんだ、お前だって善意でやってるんだろうし――なっ！」

言いながら〈拳帝〉が右の拳を前に振るう。いつの間にかその右拳にもメレアの〈雷神の白雷〉によく似た白い雷がまとわれていた。

「――ったく！　ホント影響されやすいな！　この拳！」

殴りつけたムーゼッグ兵が吹き飛ぶのを見ながら、〈拳帝〉がまた忌々しそうに言う。

「術式？」

「似たようなもんだ。でもお前らの使う術式ほど理論だったもんじゃねえ。生き残ったあとに教えてやるよ」

〈拳帝〉の言葉にメレアもうなずく。たしかに今はくわしく話している時間がない。

しかし一つだけ、これだけは今聞いておきたいことがあった。

「名前は？」

「ああ？　──ああ、そういや言ってなかったか」

そういえばそうだった、と、〈拳帝〉は周りのムーゼッグ兵へ威嚇するような鋭い視線を向けながら言い、それからメレアの問いに答えた。

「〈サルマーン〉だ。俺の名前はサルマーン」

「サルマーンか。良い名前だ」

「お前もな、メレア」

メレアは不意に自分の名前を呼ばれたことに驚く。すると背中側からその驚きを察したように、〈拳帝〉サルマーンの声が飛んできた。

「覚えてるし、忘れねえよ。この時代に魔王を救うだなんて馬鹿なことを言うやつを、俺は忘れねえ。なんたって──」

サルマーンはそこで少し声をひそめる。まるで聞かれたくないとでも言わんばかりに。

「魔王である俺からすりゃ、救世主だからな」

直後、メレアは背中を押されたような感触を得た。

「でも、礼は最後まで言わねえ。どうなるかわかんねえし、なにはともあれすべては生き残ってからなんだ」

「──ああ」

彼はきっと仁義に篤《あつ》いのだろう。メレアはサルマーンに対して好感を抱いた。

「だから、もう少し頑張らねえとな。上であの金の亡者がなにかしら対策を立ててる。それも信じるしかねえんだが、いまさら疑ったって意味ねえからな。あいつはあいつで俺たちに便乗しなきゃピンチなんだ」

サルマーンの言葉を受けて、メレアは崖上を見上げた。

さきほどまで崖際には冷静に戦況を分析しているようなシャウの姿があったが、今そこにシャウの姿はない。

——なにかあったのか？

あるいは、なにかの準備をしているか。

一瞬メレアの脳裏に不安がよぎったが——次の瞬間、その不安は消える。

代わり、今度は驚きがメレアの心を支配した。

「え？」

最初にあがったのは、メレアの呆《ほう》けたような声だった。

「あ？」

その声に気づいて、サルマーンも思わずというふうに声をあげながら振り向く。

「……おいおい、なんだありゃ」

そしてサルマーンもそれを見た。

奇怪な黄金の船が、崖の上からおもむろに姿を現していた。

◆◆◆

その黄金の船は、船首を崖上からちらりと見せたあと、今度は一気に全容を露《あら》わにした。まるで、後ろから強烈な打撃によって押し出されたかのようだった。
直後——今度はその黄金の船の底部に、出処《でどころ》のわからない水があふれ出る。さらにその水は瞬く間に凍りついていった。

それが術式によるものだと二人が気づいたときには、黄金の船がその氷の路に乗って、崖の急斜面をすさまじい勢いで滑りはじめていた。

「なんだあれはッ！」

続いてあがったのはムーゼッグ兵たちの声だった。メレアとサルマーンに遅れること数秒。彼らもまた崖の上から地面を削るようにして下りてくる奇怪な黄金船を見つける。

その瞬間――

「っ！」

メレアとサルマーンは示し合わせたように動いていた。

二人はその船の中から手を振っている〈錬金王〉シャウの姿を、同時に捉えていた。

――あれは味方だ。

そしておそらくあれこそが――

「乗り込め!!　あれが俺たちの生き残る道だッ!!」

サルマーンが大声をあげた。

その間にメレアは再び白雷を身体にまとい、今度は敵ではなく魔王たちに向かって疾走していた。


――限界が近い魔王から……！

右に、左に、メレアは動きながら視線をめぐらせる。メレアもまたあの黄金の船が自分たちの生き残る道であることを確信していた。

そしてそれを知らせる役をサルマーンに任せ、メレア自身はほかの魔王たちを直接船へ送り届けることを使命として自分に課していた。

――全員が乗り込むまで悠長に待ってるとムーゼッグ兵に取りつかれる。

できるだけ迅速に、魔王を全員乗せてすぐに下りたい。これまでの継戦でだいぶ息があがりはじめている魔王もいた。

「えっ⁉　メレア⁉　ちょっ、いきなりなによ⁉」

「我慢してくれ、リリウム！」

そんなメレアが一人の魔王の手を取る。〈炎帝〉リリウムの手だった。

メレアは彼女に言いながら、さらに近場にいたもう一人の手を取って脇に抱える。それから一気に崖を登り、黄金の船の横にまでつけてから、今度は反転して船の滑走速度に自分の速度を合わせるように並走をはじめた。

足場は悪い。なんとか速度を合わせながら船の中を窺《うかが》う。

ちらりと視線を向けた先に、枠だけの窓があった。

――投げ入れられるか……！

失敗は許されない。さすがのメレアもそのときは躊躇《ちゆうちよ》した。

すると、そんなメレアを助けるかのように、不意に窓の中から人影が現れる。

「っ！」

あの、冷たい美貌のメイドだった。

そんな彼女が、窓から半身を乗り出し、手を差し出してきていた。

「っ、任せた！」

メレアは彼女の意図を察した。彼女の膂力《りよりよく》が並外れていることはあの墓作りのときに見ている。

それがメレアの決断を後押しした。

メレアはまず右脇に抱えていたリリウムを、走りながら高く持ち上げた。

「リリウムッ！　手を伸ばして！」

「えっ⁉　あああもう！　なんなのよ！」

リリウムはそう毒づきながらも言われるがままに手を伸ばす。するとその手をメイド――マリーザが見事につかみ、すさまじい早業で抱き寄せた。そのまま彼女はリリウムを船の中へと放り込み、すぐに再び手を伸ばしてくる。

メレアは左脇に抱えたもう一人の魔王を差し出し、それから眼下へ視線を移した。

――あと何人だ……！

すでに船は激戦部へと差しかかろうとしていた。

「みんなのところに差し掛かったらうまいこと速度を緩めてくれ！」

敵に取りつかれず、かつ魔王が船の中に乗り込めるように。それが無茶苦茶な要求であることはメレア自身わかっていたが、差し迫ったこの状況ではそう言うしかなかった。

「なかなか難しいこと言ってくれますね！　――まあいいでしょう！　双子に頼んでみますよ！」

双子。ごうごうとした風の音が耳をなでる中、船の奥から聞こえてきたシャウの言葉を拾い、メレアは内心で納得した。

――やっぱり墓作りのときに術式で氷像を作ってたあの双子たちか……！

船の底部に連続生成されている氷の路《みち》は、あのときの双子が作っているものらしい。

そのことを確認して、それからメレアは足に力を込めた。再び激戦部へと身を飛び込ませる。

「この速度で滑る船より速く下るってあなたもたいがい無茶苦茶ですねっ！」

メレアの背後でそんなシャウの声があがった。

メレアがさらに二人の魔王を船の中のマリーザに渡したところで、ついに黄金船は激戦部へと進入する。

魔王たちはサルマーンの指示にしたがって、船がやってくるであろう道の周辺に固まっていたが、当然そこにはムーゼッグ兵も集まってきていた。

しかし、その敵の群へ――

「術式展開……！」

メレアが突っ込む。〈雷神の白雷〉をまとい、ここぞとばかりにムーゼッグ軍をかきまわした。

「今のうちだ！　乗り込め！」

サルマーンの叫ぶ声がメレアの耳を打った。

さらにメレアは、視界の隅でエルマが同じくムーゼッグ兵たちの中を駆け抜けているのを見る。

彼女もまた、しんがりを務めるように魔剣を振るって敵の注意を引きつけていた。

「緩めすぎるなよ！　行けッ！」

当の黄金船は、崖を下ってきた勢いを受けて相当の速度で突っ込んできたが、魔王たちの近場に来た瞬間にその底部に展開されていた氷の路がふっと消えて、本来のざらざらとした山肌に船体をこすりつけながら減速する。

その間に魔王たちが続々と黄金船の窓口から船の中に乗り込み、船の周辺で数々の怒号が飛び交いはじめた。

魔王たちを行かせまいと、ムーゼッグの兵士たちが攻撃を仕掛ける。

すでに船の中に乗り込んでいた魔王たちが、それらを迎撃する。

一進一退の攻防。

それが十数秒の間続き――そしてついに、転機となる声が飛んできた。

「――乗った！　乗ったぞ!!　剣帝！　メレア！　あとはお前らだけだ！」

何度目かもわからないサルマーンの大声だった。

その声を聞いた直後、メレアは眼前の敵をさえ無視して、エルマの方へ走り出す。

声の方を振り向かずともわかる。地面を削る音が近い。もう黄金船はそこまで来ている。

少し先にいったところには崖があった。船がまた崖に下り入る前に、エルマを船に乗せなければならない。

メレアはエルマが自身で走るより、自分が彼女を送り届けた方が速いことを確信していた。

「エルマ！　手を！」

メレアはエルマの横を通り過ぎる手前で声を張り上げた。

自分の声に反応してエルマが無造作に手を伸ばしたのを見る。

それを通り抜けざまにしっかりとつかみ、止まらずにぐるりと反転した。

振り向いた先には黄金の船がある。

その船首はすでに崖から身を乗り出していた。

――間に合え……！

黄金船にはムーゼッグ兵たちが取りついている。よく見ると黒服ではなく黒い鎧《よろい》を身に纏《まと》った兵士たちまでそこに取りついていた。

――あれは本隊の兵士か……！

術式兵ではない。重厚な鎧に身を包んだ兵士。船の向こう側からそんな装備の兵士たちがぞろぞろと走ってきているのが見える。

メレアは大きく息を吸った。

「エルマ！　ちゃんとつかまってて！」

「わ、わかった！」

そしてメレアは躊躇《ためら》いなく、その混戦の中へと突っ込んだ。

◆◆◆

「いたぞ‼　追えッ‼」

〈拳帝〉サルマーンはメレアたちに大声を飛ばしたあと、まったく反対側からそんな声がやってきたのを聞いた。

ハッとして振り向くと、

――近《ちけ》えな！　クソが！

船窓から、幾人もの黒い鎧を身にまとった兵士が駆けてくるのが見えた。

――今度は近接兵か……！

おそらくこれこそが本隊だ。様相の違うムーゼッグの兵士を見て、サルマーンは勘づいた。

「双子！　加速させろ！　急げッ‼」

頭の中ではけたたましい警笛が鳴り響いている。これ以上船を減速させるのはまずい。サルマーンは氷の路を生成していた双子の少女たちに焦りを灯《とも》した声を飛ばす。

と、叫んだ直後、黒鎧の集団からいち早く飛び出てきた二人のムーゼッグ兵が黄金船に取りつこうとするのが見えた。サルマーンはとっさの反応でその窓に駆け寄り、そのムーゼッグ兵を殴り飛ばす。目の前には続々と次のムーゼッグ兵が続いてきている。

——一気に行くしかねえ……！

ほかの魔王たちもムーゼッグ兵を迎撃していた。

サルマーンはいったんそちらを彼らに任せ、すぐにまたメレアとエルマのいる方向へ顔を向ける。

——間に合え！

黄金船はすでに船体を傾けていた。また崖に下り入ろうとしているのだ。

ここから崖に下って、さらに船の速度が速くなると、いかに雷のごとき速力を見せたメレアでも追いつけなくなるかもしれない。道のない斜面の下り。駆けるのでは足場も悪い。

そう思っていると、サルマーンの目がメレアたちを捉えた。

「っ！」

メレアはエルマを脇に抱えたまま、敵陣の中を突っ切ってきていた。

「急げッ！」

メレアが跳ぶ。黒鎧兵たちの身体をすら足場にし、人の上を越えていく。

「来い！　ここだっ‼」

その様子を見たサルマーンは、衝動的に窓から身を乗り出していた。

左手で窓枠をつかみ、身体を支えながら、できるかぎり右手を外に伸ばす。

メレアに鼓舞を送り、しまいには心の中で祈った。

メレアが徐々に近づいてくる。

そして――

「っ！　よし！　つかんだぞッ!!」

サルマーンは右手にエルマの手をつかんだ。そのまま彼女の身体を片手で引っ張り上げ、悪いとは思いながら窓の中へ荒く放り投げる。

それからまたすぐに外を振り返った。船窓にメレアがつかまっていることを確信していた。

だが、

「お、おいっ！」

メレアは船の窓につかまってはいなかった。それどころか、その身を船とムーゼッグ兵たちの間に立たせ、まるで彼らを船に取りつかせまいとするように仁王立ちしていた。

「先に行け！」

そのメレアが言った。

――盾になるつもりか……っ！

「やめろ！　無理すんな！」

サルマーンが叫んだ直後、黄金船が大きく揺れる。船体が完全に崖へ下りた瞬間だった。

「メレアッ!!」

サルマーンが窓から手を伸ばす。だが、メレアの背には届かない。

離れ際、メレアが少しだけサルマーンの方を振り向いて、小さく何かを言ったのが見えた。

何を言ったのかまでは、聞こえなかった。

◆◆◆

――大丈夫。

メレアは黄金船を背にして崖際に立っていた。目の前には今までの比ではない数のムーゼッグ兵が集結している。

「くそっ！　ここまで来て逃がすな!!」

彼らは船を追おうとしたが、すでに黄金船は崖から飛び出していた。こうなると足場を気にしなくていい船の方が有利になる。

そしてなにより――船を追おうとする彼らをメレアがそのまま行かせなかった。

「っ！」

メレアがまっさきに飛び出てきた近接兵を拳で打った。鎧が鈍い音を立てて凹《へこ》む。さらに続けて、もう一人を猛然とした蹴りで吹き飛ばした。

「行かせない」

白雷を身体にまとったメレアが、崖際で魔王たちの最後の盾として立ちはだかる。

「……なら、貴様の首だけでいい」

最終的に、黄金船が崖を下っていくのを見たムーゼッグ兵たちは、標的をメレアに絞った。

「ムーゼッグの邪魔をしたことを後悔させてやる」

「俺はこの選択を取ったことに後悔はしない。たとえ、もう一度死んだとしても」

一番近くにいた術式兵が言った言葉に、メレアが答えた。

「それに、俺もここでは死なない。こんなところで、たかが、一国家に負けでもしたら――」

ふいにメレアが再び合掌した。すでに白雷は纏われている。しかしそこからもう一度術式を発動させるようにして、メレアの手から術式陣が広がった。

「――英霊たちの名が廃《すた》るんだよ」

次の瞬間、メレアが展開させた術式陣が事象へと転化する。

「〈風神《ヴァン・エスター》の六翼《りくよく》〉」

山頂に風が吹いた。

◆◆◆

焦燥を胸に窓から崖上を見上げていたサルマーンは、たしかにそれを見た。

「なんだ、あれ……」

小さく見えるメレアの周りに、きらきらと光る白い靄《もや》が掛かっていた。それは徐々にうねりをともないはじめ、ついにはメレアの周囲を廻《めぐ》る風のようになる。さらにその白風は、メレアの背に収束していってある形を象《かたど》った。

「……翼？」

サルマーンにはそれが、六枚の翼に見えた。

その翼は風の収束にともなって徐々に密度を増していき、ある段階を越えた途端――一気に巨大化する。

「……すげえな」

まるで、一枚一枚が天竜の翼のようだった。

サルマーンの口からぽつりとそんな言葉が漏れた直後、その六翼が一斉に羽ばたく。

山頂が白い暴風に包まれ――霊山が震えた。


サルマーンは風の六翼による薙《な》ぎ払いが放たれたあと、まだ雪埃《ゆきぼこり》の舞う山頂の崖からメレアが跳び下りるのを見た。

メレアが身体に白雷をまとい、背に六翼を展開させたまま、信じがたい速度で崖を駆け下りてくる。

数秒経《た》たぬうちに、メレアが黄金船の真横に追いついてきていた。

「ッ、つかまれ！」

そんなメレアに、サルマーンがとっさに手を伸ばす。

あと数歩。もう届く。

そしてついに――伸ばした手に感触があった。

「おらっ！」

サルマーンが一気にメレアを引き上げ、エルマのときと同じように船の中へ放り投げる。

すると、

「うおっ！　風で目がっ！　目がぁぁぁ！」

「きゃっ！　ちょっと！　身体飛ぶ！　飛ぶからっ！」

「お、お前少しは入ってくるときに加減しろよ⁉」

船の中からメレアの風翼の余波を受けた魔王たちの声が聞こえた。

「もうこれで全員だな⁉」

サルマーンが窓から船の中へ戻りながら言うと、ややあって魔王たちが声とうなずきを返す。

黄金船はいまや、自由落下しているかのような猛烈な速度で斜面を滑っていた。

後ろから迫ってきていたムーゼッグ兵たちも、完全にちぎれていた。

気づけば――

「あの強国ムーゼッグから逃げ切ったのか……？」

誰かのそんな言葉がぽつりとあがった。


メレアを引き上げたサルマーンは、一息をついてからメレアを捜した。ぐるりと視線を巡らせると、すぐにその姿を見つける。

メレアは、引き上げられた勢いのまま船の端まで転げて頭でもぶつけたのか、両手で頭頂部を押さえてうめいていた。

「おい、無事かよ？」

サルマーンはそんなメレアに歩み寄り、声をかける。

メレアはその声に反応して立ち上がると、眉尻を下げた笑みを浮かべてサルマーンの方を見た。

「だ、大丈夫、大丈夫。――引き上げてくれて助かったよ、サルマーン。実は思った以上に足場が悪くてコケそうだったんだ」

メレアが頭をさすりながら逆の手をあげて言った。

「ハハ、そうかよ、なら俺の手も無駄じゃなかったな」

戦闘時から一転して柔らかな雰囲気を宿すメレアを見て、サルマーンはようやく自分も緊張が解けた気がしていた。

「――ったく、それにしてもお前が一人で残ったのを見たときにゃヒヤヒヤしたぜ」

それからサルマーンはわざとらしく大きなため息をついてメレアに言う。

「てか、あんなのあるなら最初から使えよ?」

「はは、〈風神の六翼〉は加減が利かないからね。攻撃が無差別だから、周りにみんながいるうちは使いづらかったんだ」

メレアがサルマーンの問いに自嘲気味な笑みを浮かべて答えた。

「それに、あれだけの量のムーゼッグ兵を見せられたら思わず魔力を節約したくなる。霊山を下りてからだってなにがあるかわからないし――」

「まあ、たしかに。……ああ、なんかお前がアレすぎてそういう当たり前な要素を忘れてたぜ」

サルマーンが頭を掻《か》いて言う。

「でも、とにかくみんな無事でよかった」

と、今度はメレアが周りを見回して言った。

「そうだな。――ああ、それが一番だ」

サルマーンもその言葉にうなずく。

そこでふと、サルマーンはメレアとした約束を思い出した。

――生き残ったら礼を言うって言ってたな、あんときの俺は。

しかし、いざこうして面と向かうと少し気恥ずかしい。だが、けじめもある。

狭間《はざま》で少し悩んだサルマーンは、少し経ってからようやくある行動を起こした。

「メレア」

名を呼びながら、顔の横あたりに手を開いて掲げる。

「ん？」

対するメレアの方は最初こそサルマーンの行動の意図に気づかなかったようだが、ややあってその意図に気づいたように眉をあげた。それから嬉《うれ》しげな笑みを浮かべて、その手に自分の手を重ねる。

パン、と、音が鳴った。

黄金船の内に、二人のハイタッチの音が反響した。

船の中にいた魔王たちが、その音につられてサルマーンとメレアの方に顔を向ける。次いで彼らは、安心したように眉尻を下げた。

それは、メレアを含めた二十二人全員が、無事にこの場にいることを再確認しての――安堵《あんど》の表情だった。

彼らはそのとき、初めて自分たちがムーゼッグから逃げ切ったということを、実感した。

◆◆◆

――俺は……初めて外に出るんだな。

互い互いが無事を確認したあと、またそれぞれがすぐに黄金船の揺れと周囲への索敵に気をまわしはじめる。山を船で滑走するという奇怪な事態と、麓《ふもと》の方にムーゼッグ軍が残っているかもしれないという状況に、まだ誰もが警戒を怠《おこた》っていなかった。

そんな中で、メレアも同じく窓から外を見やりながら、胸中に言葉を浮かべていた。

――こんな旅立ちになるとは思わなかったけど。

はじまりが戦闘で、というのはあまり良いものではない。

――だが、そのおかげで決心がついたのも事実だ。

メレアは黄金船の窓から首を出して、最後とばかりにもうほとんど見えなくなってしまったリンドホルム霊山の山頂を見上げた。

吹雪《ふぶ》く風が重なり合って、山頂を白い靄に掛けたように隠している。

しかしメレアは、その靄の向こう側に、百の人影を見た気がした。

きっと、幻影だった。

それでも、その幻影が手を振っているようにメレアには見えて――

――うん。

最後にはその光景を、信じた。

ここはリンドホルム霊山。死んだ者たちが何かをしてしまえる不思議な地。

下りていく者に手を振るくらい、なんてことはない。

――さようなら、みんな。

メレアはその言葉を改めて彼らに送る。

――俺、行ってくるよ。

そうやって、メレアが少し感傷的な視線を空に向けていたことに、ほかの魔王たちの大半が気づいていた。メレアにとっての故郷があの山頂であることを、彼らはもう疑っていない。

それでもメレアが口にはなにも出さないから、彼らもメレアの胸中を察して、なにも言わないことにした。

ただ少しの間、できるだけ静かに、彼の感傷が少しでも和らぐようにと願いながら、揺れる金色の船体に身を任せた。

しかし——。

すでにそのとき、そんな静寂を破らんとするかのように、最後の運命的な出会いが彼らに近づいてきていた。それは魔王たちにとって、そしてなによりもメレアにとって、長い因縁のはじまりとなる出会いでもあった。

幕間《まくあい》【黒国の王子】

「殿下、足元が滑ります。お気をつけください」

「ああ、わかっている」

リンドホルム霊山《れいざん》を、ひとりの男が登っていた。

〈セリアス・ブラッド・ムーゼッグ〉。

その男は、かの強国の王子であった。

母国の民に留《とど》まらず、周辺域の各国からも『戦乱の時代の寵児《ちょうじ》』と謳《うた》われるその男は、周囲を大勢の護衛に囲まれながら、また一歩、霊山の山肌を登る。

――いらぬと言ってもついてくる。

セリアスは灰色の髪を揺らして、ぐるりと周囲を見まわした。自分の周りを取り囲むムーゼッグの精鋭兵たちは、それぞれ決意のこもった精悍《せいかん》な表情で山壁を登っている。黒鎧でがちゃがちゃと音を奏で、どことなくいつもよりものものしい雰囲気を醸していた。

――霊、か。

リンドホルム霊山の裾野《すその》にあった穴倉の中で、得体のしれぬ物体がうごめいているのを見てから、いっそう彼らの表情は引き締まっていた。セリアス自身は子どものときからそういうものに対してあまり興味を示さなかったが、さきほどの物体を見せられると、いまさら興味を惹《ひ》かれないでもない。

――霊とは、ああも品位のないものか。

生きているのか、死んでいるのか、よくわからない、物体だった。

そして、これから向かうリンドホルム霊山の山頂には、あくまで噂《うわさ》だが、英霊が住んでいるらしい。

セリアスはその情報を信じていなかった。

――霊山の山頂が人の踏み入らぬ場所であるから、そこに幻想を求めた話好きが噂を作っただけだろう。

いつの時代も、人はどこかに叶《かな》わぬ夢を置き去りにしようとする。手の届く場所に置いてしまっては、すぐに仕組みを暴かれてしまうから、あえて人の手の入りづらい場所に置いていく。

――私はそうはなるまい。

自分の望みは、自分でつかめばいい。端《はな》から叶わないことを甘受してしまっているやつらと、同じにはなるまい。

そう思いながら、セリアスは山頂を見上げた。

「おい、本当に山頂に英霊《えいれい》がいると思うか？」

セリアスはふと、一番近くにいた部下の一人に訊《たず》ねた。

訊ねられたムーゼッグ軍人は、突然のセリアスからの問いに緊張したように身体をビクつかせ、やや震えた声で答える。

「ど、どうでしょうか……、私は一応、そういうものを信じる性質《たち》ですので……さきほどの奇妙な物体のこともございますし、いるのでは、ないでしょうか」

引け目の影響で細切れにされた言葉に、セリアスはふっと笑って返した。

「なるほど。まあ、そうだな。さっきのあれを見ると、まったくいないと思うのもかえって不自然か。あるいは、誰かの術式による仕業とも考えられるが……」

「となると、死霊術のたぐいでしょうか」

おずおずとしながらも、そのムーゼッグ軍人は訊ね返していた。

「仮に誰かの手によるとすれば、そうなるな。とはいえ、ああいう術式は禁術とされたものが多い。そういうものに嬉々《きき》として手を染めていた悪徳時代の魔王であれば、うまくこなしたかもしれんが

――今の時代にまでその秘術が残っているともかぎらん」

セリアスはまた山頂を見上げた。

「まあいい。いずれにせよ、もし本当に英霊などというものが山頂にいるのなら、ついでだ、その力をもらっていこう」

「セリアス様なら、きっとたやすいでしょう」

一転して、ムーゼッグ軍人が心酔したような表情でセリアスを見る。

その目の中には、まるで物語の中の英雄を見るときのような、きらきらとした光が輝いていた。

今回の遠征は、いわゆる〈魔王狩り〉の一環であった。

先日狩ったとある魔王と同系統の魔王の情報を聞きつけて、それを追っている。

――〈槍帝《そうてい》〉の〈魔槍〉がおもいのほか使いやすかった。さすがは〈七帝器《しちていき》〉というところか。

セリアスは背に畳んである一本の槍《やり》に触れる。

〈魔槍クルタード〉。〈槍帝〉と呼ばれる魔王の一族が生み出した特殊な武器だ。

――こういう武器のたぐいであれば、いちいち秘術を解く必要がないから楽だ。

セリアスは先日、その〈槍帝〉の末裔《まつえい》を殺してクルタードを奪い取った。

――まぁ、秘術を読み解くのも嫌いではないが。

続けてセリアスは、右手の中に灰色の術式炎を展開し、それがゆらゆらと風に揺れるさまを眺めた。その術式炎もまた、〈炎魔《えんま》〉と呼ばれる魔王の秘術である。

――こっちもずいぶん馴染んだな。

セリアスは多くの才に恵まれた男だった。戦闘に関して言えば、万能と言っても過言ではないほどである。そしてその才能は、術式方面にもいかんなく発揮された。

セリアスは魔王たちの秘術を独学で解読し、さらにたやすく習得した。身体の特質として癒着しているようなものでなければ、そのほとんどをである。だからセリアスは、王族でありながら〈魔王狩り〉に率先して参加している。その理由は単純だった。

――邪魔になりそうな芽は摘む。

魔王の力を、他国へ流入させないため。

用済みとなった魔王を、その場で殺すため。

それが父であるムーゼッグ王の方針であり、自分の方針でもあった。

「さて、どこまで逃げたか。エルイーザの女もなんだかんだと未練がましい」

そんなセリアスの今回の目的は、〈剣帝《けんてい》〉の〈魔剣〉を入手することにある。秘術を持つ魔王を狩るのとはまた少し毛色が違うが、他国への有用な武器の流出を防ぐという点では同じだ。

――抗《あらが》う気がないならムーゼッグの礎になれ、エルイーザの末裔。

こちらの接触に対して逃げた〈剣帝〉に、セリアスは心の中で言う。

いくつもの魔王の力を携えながら、なおも満足しないセリアスの強さへの渇望が、その瞳の中にぎらついた光となって表れていた。

そんなセリアスに急な状況変化が襲いかかったのは、それからわずか二分後のことである。

セリアスもまた、その日に起きる運命的な出会いをまだ知らなかった。

第四幕　【黄金船の向かう先に】

「はい、跳びますよお！」

「跳びますよぉ！」「ぴょーん！」

「ふ、ふざけんな！　これ壊れかけじゃねえか！　うおおおおお！　向こうにすげえ段差見えるんだけどッ!!」

「大丈夫ですよ！　金《かね》の力は偉大ですからね!!」

「答えになってねえよ!!」

霊山《れいざん》を滑走していく奇怪な黄金船の中は、これでもかとしっちゃかめっちゃかになっていた。

段差に船底が乗り上げるたびに中がかき混ぜられ、二十二人の魔王がぐるぐると回る。

「ていうかよ、まずこの悪趣味な船はなんなんだよ！　どっからツッコめばいいのかわかんねえよ！　ここ山だぞ！　なんで船なんだよ！　――誰かそろそろ説明しろっ！」

そんな中、〈拳帝《けんてい》〉サルマーンが声をあげていた。

するとサルマーンの声に答えるようにして、今度は船の前の方からシャウがやってくる。

「よくぞ聞いてくださいました!!　どうです！　実にすばらしい輝きでしょう!?　これ、私の錬金術式で造った船なんですけどね！」

「やっぱりおめえの仕業か！」

「あっ、ちなみにここに乗ってるみなさんからあとで乗船料取りますからねっ！」

シャウが力強く親指をあげてウインクすると、サルマーンが意味ありげに腕を回しはじめる。

「よっしゃ、まずは全員であの金の亡者をとっちめようぜ！」

「あっ、あっ、暴力は反対です！　金で解決しましょうよっ！」

「こいつ頭蓋の中身まで金で出来てるんじゃねえか……」

サルマーンの呆《あき》れたような声のあと、シャウは残念がるように「仕方ないですね……ちょっとまけときますよ……」とこぼし、それから話題を元に戻した。

「まあ、手持ちの純金貨では足りなかったので土も混ざってはいますが、ひとまず麓くらいまでは持ちますよ。……ああ、いつも思いますけど、金にほかの物質を混ぜるとか……最低最悪の手段ですよね……」

シャウが独自の価値観のもとに大きくうなだれる。

サルマーンはそんなシャウに苦笑を向けるばかりだったが、しばらくして別の疑問に意識を切り替えた。

「そういや、この船の下に生成されてる氷は――」

サルマーンが言いかけると、ようやくうなだれから復帰したシャウがまた答えた。

「ああ、そうです。彼女たちがいなければそもそも船を動かせませんでした」

そう言ってシャウが船の前の方を指差す。最前列の両脇の窓辺で、二人の幼い少女たちが楽しげな声をあげながら騒いでいるのが見えた。腰を優に越えるほどに伸びた青銀色の髪が特徴的だ。

「やっぱあいつらの術式か」

サルマーンは彼女たちを見ながら墓作りのときのことを思い出す。

「まったく、どういうわけだよ。あいつらもやっぱり魔王なのか？　あの幼さで？」

続けてサルマーンがうんざりした顔で疑問を浮かべると、ふいに少女たちが近くに寄ってきてその小さな身体をぴょんぴょんと跳ねさせた。

「わたしたちは〈水王《すいおう》〉と〈氷王《ひょうおう》〉の子どもだよ！」「だよ！」

直後、サルマーンは複雑な表情を見せる。うんざりしたような、それでいて少女たちを憐《あわ》れむような。

しかし、その表情はまもなく消え、次いでわざとらしく嘆くような表情がその顔に浮かんだ。

「んあー、こんな幼女に助けられることになるとはなー」

「幼女じゃないしっ！」「少女だしっ！」

「そこにつっかかんのかよ……」

少女たちの怒ったような反応に、サルマーンはげんなりとして手を振る。

「別に幼女でもいいじゃねえか。たいして育ってねえだろ」

「あっ、こいつむかつく！」「むかつく！」

「こいつっておい……。俺にはサルマーンって名前があるからせめてそっちで呼べよ」

「サルだ！」「サル！」

「あれ？　余計にイラっとしたぜ」

「はは、相性よさそうですね」

シャウが横から言った言葉に、サルマーンは双子と一緒に「どこがだよ！」と言って、ため息をついた。

「はあ、まあいいや」

それからぎゃあぎゃあと騒ぎはじめた双子から無理やり視線を切って、サルマーンは別の魔王の様子を窺《うかが》いはじめた。

サルマーンの視線が次に誘《いざな》われたのは、自分がいる側とは反対の窓辺だった。

というのも、そこで派手に醜態をさらしている魔王がいたのだ。

「おろ、おろろろろろろろろ」

船の窓から首を出し、盛大に吐瀉物《としゃぶつ》をまき散らす黒髪の麗人が、そこにいた。

「お、おい！　吐くんじゃねえよ！　おまっ、さっきの〈剣帝《けんてい》〉っぷりはどうしたよ！」

「おろろろ——うっぷ。……わ、私は乗り物は苦手なんだおろろろろろ」

「あっ！　これ美人が吐いてるとよけいに残念な気分になるわ！」

〈剣帝〉エルマ・エルイーザ。彼女は戦場での凛《りん》とした姿から一転し、わかりやすい醜態を船の片隅でさらしていた。

「ああ……これは……なかなか厳しい戦いに、なりそうだな……」

エルマは滑走の風に黒髪を靡《なび》かせつつ、いっぱいいっぱいという体《てい》で声をあげる。

「——あ」

と、そこでエルマが今度はなにかに気づいたように短い声をあげた。

「誰か魔剣を取ってくれ。さっき船が揺れた拍子にそこらへんに飛んでおろろろろろ」

彼女が吐きながら指差した先、彼女の〈剣帝〉号の由縁たる〈魔剣クリシューラ〉が、黄金船の中を荒々しく転がりまわっている姿があった。ぎりぎり鞘《さや》に納まってはいるものの、十分に危険物である。

「は、吐きながら喋《しゃべ》るんじゃねえよ!!　てか得物放すんじゃねえよっ!!」

サルマーンはツッコみを入れながら急いで宙を舞う魔剣の鞘をつかみ、エルマに手渡した。口元を手で押さえながら礼を言おうとするエルマを制し、盛大なため息をつく。

「はあ……思ったよりダメなやつ多いかもしれねえ。嫌な予感がしてきた……」

そう言ってサルマーンはまた別の方向に視線を移す。よくよく見渡せばエルマ以外にもぽつぽつと醜態をさらしている者がいた。

「あー……、これ、酔うわねぇ……、あー……」

「お前も大丈夫かよ……」

そうやって周りを見回していると、ほかよりはだいぶマシそうだが、やはり少しつらそうにしている〈炎帝《えんてい》〉リリウムの姿を見つける。彼女は頭上に炎の鳥を飛ばしながら、間延びした声をあげていた。

「……大丈夫よ。あっちのバカ二人よりはだいぶね」

リリウムはそう言いながら、窓辺の方にいる二人を指差した。もちろん一人はエルマだ。

しかしその隣にいつの間にかもう一人の男の姿が追加されていて、

「ああ……」

サルマーンの口から嘆くような声が漏れた。

その男は、霊山に積もる雪と同色の綺麗《きれい》な白髪をふわふわと風に揺らしていた。後ろから見ると、窓辺に腕をかけて外の景色を眺めているようにも見えるが、エルマを見たあとのサルマーンには嫌な予感しか浮かばない。

しかしサルマーンは、一縷《いちる》の望みをどうにか胸に抱いて、ついに横からその男の様子を覗《のぞ》き見た。

「――おろろろろろ」

「やっぱりおめえもかよッ!!　メレア!!」

一縷の望みは間髪いれずに砕け散る。メレアが真っ青な顔で嘔吐《おうと》していた。

「こ、こんなアトラクション初めてだ……揺れがやばい……！」

メレアはエルマの隣で震えた声をあげていた。心なしかその白髪もずいぶんしなびているように見える。

「お前はお前で戦闘から一歩離れるとダメダメじゃねえか！　ていうかなんだお前らっ！　姉弟《きょうだい》か！」

そんなメレアに再びサルマーンがツッコみ、さらにエルマを一緒くたにして形容する。

「その場合私が妹だなおろろろろろ」

「どっちでもいいわ!!　謎の意地張ってんじゃねえよ!!　――あーっ！　なにこいつら、疲れる！」

エルマへのツッコみを最後についにサルマーンが頭を抱える。なんとか平静を保っているほかの魔王から「ツッコまなければいいんじゃね？」との声があがったが、一方で彼らはサルマーンのツッコまざるを得ない心境に共感してもいた。

「ど、どいつもこいつも……！」

そうしてメレアとエルマが虚《うつ》ろな目で「お空きれい」とつぶやいている間に、サルマーンはまたほかの魔王たちの様子を窺うことにする。これ以上二人の近くにいると喉が持たない気がした。

「くそっ、まともなのいねえのかよ――」

言いながら、視線を巡らせる。

　すると、少し離れた場所にメイド衣装に身を包んだ人形のような女がいることに気づいた。彼女はこの揺れの中でも整然として、氷のような美貌に毛ほども苦しい様子を乗せず、ちらちらとメレアの方を窺い見ている。

　そのメイドとはまださほど会話をしていないことを思い出して、サルマーンは彼女に声をかけることにした。

「あれ、そういえばそこのメイドはどこの魔王だ？」

　すると、メイド――マリーザが声に気づいてサルマーンの方を向く。

「わたくしですか？　わたくしは――〈暴帝《ぼうてい》〉の号を与えられた魔王の末裔です」

「おお……」

「なぜそこでヒくのですか？」

「いやだって、〈暴帝〉ってたしかアレだろ？　どっかの国家を一夜にして潰したっていう暴力の化身で――」

　言いかけて、サルマーンはとっさに言葉をかみつぶした。そのあとに続く言葉を、〈暴帝〉の末裔である彼女に言ってしまっていいものか、迷った。

　あまり、良い言葉ではなかったのだ。

　そうやって言いよどんでいると、逆にサルマーンの躊躇《ためら》いを察したかのように、マリーザの方がその言葉の先を言ってしまっていた。

「ええ、昔の〈暴帝〉はわりと悪徳的でしたからね。黎明期《れいめいき》と衰退期にはそうでもありませんでしたが、例によって黎明期のしばらくあとに――力に溺れた者がいましたから。そういう過去の歴史を知っていれば、おそれの一つや二つ、抱くかもしれません」

「ああ……悪い、迂闊《うかつ》だった」

「いえ、構いませんよ。それに、わたくし自身はかつての〈暴帝〉の所業を嫌悪しています。まったくナンセンスです。彼らは人に仕える、そして人に喜んでもらうということの素晴らしさを知らなかったのです」

彼女のうなずきは力強かった。言葉が出てくる前にやや表情が曇ったような気がしたが、言葉自体はハッキリとしている。表情が曇ったのは、一言では表しきれない葛藤があったからだろうか。ともあれ、自らの先祖の所業をナンセンスだと言い切る彼女の目は、そのときばかりは強い意志の光を宿していて、だからサルマーンは彼女の言を信じることにした。

そうしてすぐに、話題を暗い方向から逸《そ》らすべく、おちょくるような剽軽《ひょうきん》さを笑みに乗せて訊《たず》ねた。

「人に仕える素晴らしさ、ね。——じゃあ、俺にも仕えてくれたりすんの?」

肩をあげ、「どうよ」と笑いながら問う。

マリーザはサルマーンの問いに一瞬だけ目をきょとんとさせたが、すぐに鼻で笑うように息を吐いた。

「わたくしはわたくしが仕える方をみずからで決めます。第一主人の条件はわたくしより強い方。第二主人の条件はかわいい方です。ついでに言うと、すでにどちらも決めております。残念ながらあなたに割く労力は存在いたしません」

「な、なんだその判断基準。てか二人も主人取んのかよ」

サルマーンは鼻で笑われて、少しムスッとした表情を浮かべたが、すぐにマリーザの謎の基準に対し疑問を投げかける。

「ちなみにその基準で行くと、それぞれ誰が主人になるわけ？」

「第一主人はあそこにいらっしゃるメレア様です」

「……ああー、なるほど」

たしかに。強さという点では間違いないだろう。もはやその点に関してサルマーンは疑わなかった。

「出会ったばっかのあいつが第一主人にされてる時点で俺かなり嫌な予感してるんだけど、あえて訊《き》くわ。――第二主人は？」

次にそう問いかけたとき、マリーザの視線がある方向へ飛んだ。サルマーンもその視線の動きにつられるように顔を向ける。

マリーザの視線の先には――あの銀眼の少女、アイズがいた。

彼女は自分たちからやや離れたところで、控えめに座っていた。

ちらほらと再び言葉を交わしはじめた魔王たちを、一人安堵《あんど》したような微笑を浮かべて見ている彼女の姿は、とても儚《はかな》げに見えた。

◆◆◆

――よかった。

アイズは魔王たちが互いに生存を確かめるように会話をはじめたのを見て、心の中で思っていた。

――本当に、よかった。

祈ることしかできなかった自分の不甲斐《ふがい》なさも、もはや二の次だ。まずは全員が生き残っていることに、アイズは大きな安堵を得ていた。

しかしそれからしばらくして、アイズの中にさまざまな思いがめぐりはじめる。

――わたしが、もっと、強ければ……

より安全に、ここまで来れたのだろうか。

アイズは内心につぶやいた。


――昔と今の魔王は、違う。

昔と比べ、そもそも強大な者が狩り尽くされてきた今は、少し特別な力を持っているだけの者でさえ魔王と呼ばれることがある。

それがまさしく〈天魔《てんま》〉と呼ばれた自分の一族でもあった。

――この、細い手。

自分たちの一族はほかの魔王と比べても特に身体が弱い。それには理由があった。

〈天魔〉の一族は、あるときからあえて身体を弱らせるようになったのだ。

言ってしまえばそれは、その銀色の眼《め》が周りの者たちに疎まれたからでもあった。

――こんな眼があっても、戦う力がない。

自分たちには害がないということをそうやって周りに知らせようとしたのだ。

だが、その結果がどうなったのかをアイズは知っている。

残ったのは頼りないこの身体と、変わらずに疎まれる銀色の眼だった。

そんな自分は、こうして複数の魔王が集まる場において、ただ周りを盗み見ることしかできない。

そして魔王たちがメレアへ方針を求めたとき、アイズもまたメレアのことを見てしまっていた。

――ごめんなさい。

あのときの自分を、アイズは浅ましいと思った。無責任に、誰かに重荷を背負わせようとしたのだ。

――あの人はきっと、綺麗な人だ。

一方でアイズは、そのメレアに自分とは対照的な気高さと美しさを見ていた。

今の時代に、わざわざああやって魔王を狩る側の言い分を聞こうとする者がいるだろうか。

――いない。

まして自分が魔王側にいるのであれば、問答などせずに逃げる。

しかし彼は訊いた。

――あの人はまだ、人を信じている人。

彼はそれが当たり前だから、それが常識だからと、そんな世情に振り回されず、自分の納得できる答えを探そうとしていた。それは、とても不器用なやり方なのかもしれない。

けれど、そこには人としての気高さと美しさが表れている気がした。

――この人の美しさは、絶対に失わせてはならない。

アイズはいつの間にか、そう考えていた。

――わたしは、あんなふうには戦えないけれど。

でも、その美しさを損なうような人の黒さからは、少しくらい彼を守れるかもしれない。

人の汚さと向き合うことには人一倍慣れているし、なにかとよく見える眼も持っている。

それで許してくれとは言わない。これは罪滅ぼしではない。

ただ自然と、彼の行動を見ていて、そう思ったのだ。

気づけばアイズは、窓辺でつらそうにしているメレアのもとへ歩み寄っていた。

◆◆◆

――お、動いた。

アイズがおもむろに立ち上がり、メレアのもとへ歩み寄ったのを、サルマーンとマリーザは見ていた。なんだか盗み見ているようで悪い気もしたが、考え込んでいた彼女が目に決意の光を宿らせたのを見ると、つい追いたくなる。

マリーザが意味深な視線の運びを見せたことも、理由の一つだった。

アイズが向かった先にいたメレアは、さきほどよりは多少吐き気も落ち着いたようだったが、まだ窓から首を出してぐったりとしていた。

「だい、じょうぶ?」

そこへ、アイズはたどたどしい足取りで近づき、声をかける。彼女はそのままメレアの隣に膝を折って座ると、その背中を優しくさすりはじめた。

――やべえ、まともどころか涙が出るほどに健気《けなげ》だ。

サルマーンはアイズの行動を横目に見ながら、このどうにも奇人の多そうな魔王一行の中に一筋の希望――心のオアシスを発見し、内心に涙しそうになった。

そんなサルマーンの隣には、「ほら、見てください、ちょっと。わたくしの第二主人のあの神々しいまでの健気さ。わたくし感動で身体が震えてまいりました。一生あの方に仕えようと思います」と早口でまくしたてるマリーザの姿がある。

——ああ、そういうことね……。

興奮を抑えきれないと言わんばかりにサルマーンの肩をばしばしと叩《たた》きはじめたマリーザを見て、サルマーンはすべてに察しをつけた。

——こいつはまた別の意味でやべえ……。

内心で言いながら、しかたなしにそれを我慢しつつ、またサルマーンはアイズの方に視線を向ける。

ちょうどアイズの介抱に気づいたメレアが、わずかに首をもたげてアイズの方を振り向いたところだった。

「ああ……ありがとう。ずいぶん楽になったよ」

メレアは力ない笑みを浮かべて片手をあげていた。口ではそう言いつつも、やはりまだ少しつらそうだ。

「無理、しないで、ね。つらかったら、吐いていいから、ね」

アイズはなおもメレアの背を一生懸命にさすりながら、そんな声をかけていた。

「はは、あんまり近くにいると、服にかかっちゃうよ」

「別に、いいよ」

アイズはメレアの言葉に間髪いれずに答えて、さらにその身を寄せた。

メレアは彼女の即座の答えに少し驚いているようだったが、すぐにその言葉の温かさに気づいてか、安心したような笑みを浮かべていた。

それからさらに少し経《た》って、ようやく吐き気の波が完全に止《や》んだのか、メレアが窓辺から首を引っ込める。そのまま壁にもたれかかるように座り込んだ。

「よ、よし、ちょっと慣れてきた」

げっそりとした笑みを浮かべながら、自分の吐き気相手にしてやったりという体《てい》で言うメレア。

しかし、そんなメレアをアイズが諭していた。

「まだ、頭、下げてたほうが、いいから。――ここに」

メレアの隣に座るアイズは、揃《そろ》えた自分の両腿《りょうもも》を手で叩いていた。彼女の言葉と合わせて考えるに、メレアにも彼女がなにをしようとしているのかがすぐに理解できたようで、

「え? い、いや、大丈夫、大丈夫。もう元気だから――」

恥ずかしそうに手を振ってごまかす。

だが、アイズは断固として首を振った。

「だめ」

はっきりとした言葉。耳を澄ませてそれを聞いていたほかの魔王たちは、そのときアイズの意外な一面を知る。

「いや、あの、えっと……」

当のメレアは、アイズの言葉を受けていまだにしどろもどろという体だった。視線は左右に泳ぎ、どうしていいかわからないという感じである。

するとついに、メレアの横からアイズの小さな手が伸びてきて、その頭を優しくつかんだ。続く動きで、そのまま自分の懐に抱き寄せる。

そうして出来上がった光景は、俗に言う膝枕であった。

サルマーンは自分の横にいるマリーザが「見てください、ねえ、見てください。ああ、今わたくし幸せです」と狂言を吐いているのを聞き流しながら、

――これ以上じろじろ見てんのはなんか無粋な気がするな。

内心に苦笑を浮かべて、二人から視線を切った。

視線を切る直前、メレアの白い髪を優しげになでながら小さく言葉を放つアイズと、恥ずかしそうに頬を染めながらも大人しく寝かされているメレアの顔が映った。

◆◆◆

「わかった。いろいろとわかった。まずお前は変人だな」

「いきなりなんですか、失敬ですね」

視線を切ったあとにサルマーンがマリーザに言う。これまでの一連のやり取りでさほど気を遣う必要がないことを悟っていた。

「こいつ主人以外に対する温度差がやべえ……」

冷然とした視線を向けてくるマリーザに再び言うと、遠くからシャウが「ですよね！　まったくこれだから変人は困るんですよ！」と叫ぶのが聞こえたが、サルマーンはそれを無視した。「お前が言うなよ」というツッコみはなんとか抑え込んだ。

「ともあれ、お前の第二主人はあのアイズって娘なんだな」

マリーザの言動から、そのことは察せる。しかしサルマーンは、まだマリーザの言った『かわい

い方』という条件にしっくりきていなかった。

「んでもよ、容姿だけの問題ならあそこにいる双子も十分候補になるじゃねえか」

そんなことをマリーザに告げると、マリーザから「それもそうですね」という答えが小さく返ってくる。

「それでも、アイズを主人にしたんだろ？　なんでだ？」

単純な好奇心から訊《たず》ねると、マリーザは思案げな表情を浮かべてから、しかたなさそうに口を開いた。

「……実はさきほど、山頂であの金の亡者がこんな馬鹿げた逃走手段を思いついたとき、アイズ様としばしお話をさせていただきました」

「へえ。あ、お前が崖登っていったあたりか」

「そうです。そのときにわたくしは後方から回り込んでいたムーゼッグの近接兵を二人ほど掃除しましたが――」

「表現がこええよ」とサルマーンが小さく口を挟む。

「そのあと、アイズ様はわたくしにこう仰《おっしゃ》られました」

マリーザはそこでわざとらしく間を空ける。やがて彼女は大きく息を吸って、ゆっくりと、言葉そのものを大事にするようにして、言った。

「『怪我《けが》は、ない？　大丈夫？』と」

「……」

いったいどんな魔法の言葉が出てくるのかと思っていたサルマーンは、マリーザの口から放たれた言葉に拍子抜かれたような表情を浮かべる。

「そ、それだけ……？」

「いいえ、さらに先があります。わたくしはアイズ様の問いに『大丈夫です、なんともありません。それにわたくしは多少傷ついてもすぐに治りますので』と返しました。するとアイズ様は……」

またマリーザが一拍を置く。大きく息を吸って、重々しく言った。

「『だめ、だよ。どんなに丈夫でも、怪我は、だめ。わたしは、助けてもらう側だから、強くは、言えないけど……やっぱり、気をつけて、ね』――と、お言葉を掛けてくださいました」

「……」

当時の状況を思い出して再び感動でもしたのか、急に迫真の表情で身体を震わせはじめたマリーザを、サルマーンはじとっとした目で見る。

それからサルマーンは、再び「それだけ？」と訊ねようとしたが、よくよく彼女の言葉を思い返して、その言葉を保留した。

代わりに、

「いや……、そうか。そうだな。俺たちにとっちゃ、そういう気遣いですらありがてえよな」

サルマーンの口から、そんな言葉が漏れた。

「まして、自分も魔王としていろいろとつらい思いしてきてるのに、それでも素直に周りを気に掛けられるのは、きっとあのアイズの芯が強いからか」

その上、おそらく彼女は身体的に非力な魔王である。戦いたくても、現実的に戦う力のない魔王。

――俺なら卑屈になっちまいそうだ。

周りが戦っているのに、自分は前に出られない。本当は自分も役に立ちたいが、前に出ても足手まといになるとわかっているから、余計に動けなくなる。不甲斐なさばかりが募る。

——加えて、いざというときに自分の身を守れねえからな。

それほどおそろしい恐怖はあるまい。しかし彼女は、そんな不甲斐《ふがい》なさと恐怖の中でも、決して投げやりにならず、ただまっすぐにほかの魔王を気遣った。

もしかしたら一番心根《こころね》がしっかりしているのは、彼女なのかもしれない。

「まあ、なんとなくお前が言いたいことはわかったよ」

サルマーンはうなずきながらマリーザに言った。

「かわいいって表現が的確かどうかは知らねえけどな」

「あの方ほどかわいいという言葉が似合う方はおられません。間違いありません」

真顔で言い切るマリーザを見て、サルマーンは苦笑した。

「わかったわかった。俺もそう覚えておくよ。——んで、話は戻るが、その主人認定って向こうに許可とか取ってんのか？」

取ってないだろうな、と思いながら、サルマーンは一応訊ねた。

「えっ？　取ってませんよ？」

「だよな。……ていうかなんでお前が疑問形なんだよ」

うんざりしつつ、彼女がまた口を開いたのを見て耳をそばだてる。

「わたくしはわたくしの『完璧なメイドになる』という目標のためならたとえダメと言われてもつきまといます。なので言っても言わなくてもあまり変わりません。……あとまだちょっと恥ずかしいです」

「理不尽なまでに積極的なのによくわかんねえとこで乙女なんだなっ！」

すでにだいぶ変人だが、自分の想像以上にこのメイドは奇天烈《きてれつ》かもしれない。そこに踏み込みすぎるとロクなことにならない気がして、サルマーンは質問の内容を戻すことにした。

「じゃ、じゃあちょっと話戻すわ。――なんで第一主人はお前より強くないといけないわけ?」

マリーザがアイズの人となりを慕って、彼女を第二主人に選んだということには一応の納得を抱けた。だが、肝心の第一主人に関して、そもそもなぜ『自分よりも強いこと』を条件としているのかにはまだ疑問が残る。

するとマリーザは、今度の質問には少し考えるような間を挟んでから答えた。

「だって――わたくしより弱かったら、仕えているうちに殺してしまうかもしれませんから」

「物騒すぎるんだけどこいつ」

まさか仕えるか仕えないかの話で、そんな単語が出てくるとは思わなかった。


サルマーンはまたもや「うわあ……」と頬をヒクつかせた。別の場所に踏み込んだらもっとまずいものを踏んでしまった気分だった。

「な、なに? なんなの? 実はメイドを装った暗殺者とかそういうのなの?」

「いえ、そういうわけではありませんが、最低限わたくしが小突いても大丈夫な方でなければ、〈暴帝期〉に入ったときにそのままぽっくり逝ってしまわれる可能性があるのです。なので、一番良いのは、暴帝期に入ったわたくしよりも強いことです。そうでないと止めてもらえませんからね」

「暴帝期ってなんだそれ……」

「女の子の日、みたいなものです。ちょっと凶暴になってしまう日です。――もう、女性の口から言わせないでくださいよ。デリカシーがありませんね」

「そっ、そんな薄っぺらい照れ顔浮かべてもだまされねえからなっ!!　暴帝期とか絶対ヤバい単語じゃん!!　女の子の日とさも同じであるように語るなよっ！」

サルマーンはマリーザに向けてビッと人差し指を突きつけた。マリーザはわざとらしく「てへへ」と頭を小突いているが、目が笑っていない。むしろ顔もたいして笑っていない。無表情で動きだけが照れているというのは、かなり不気味な光景だった。

「……はあ。まあ、魔王の末裔《まつえい》だし、なにかしらどうしようもねえ血の力もあるか……」

しかしサルマーンはすぐに息を整えて、そう言った。やはり魔王ゆえの納得のしかたが、そこにはあった。

魔王の子孫は、生まれながらにその魔王たる由縁を身に宿してしまっていることがある。端的に言えば、遺伝による力の継承だ。

かつて英雄と呼ばれた者たちも、その能力はさまざまだった。そしてその能力の宿り方の違いが、現在の魔王たちに境遇の違いを生み出してもいる。

そもそも今の時代、〈魔王認定〉は強大な力の保持者に対してなされるが、そのパターンにも大きく分けて三つの種類があった。

一に、秘術の使用者。もしくは、その術式理論の鍵を握っている者。

おそらく一番多いのがこのタイプだった。普通の術式理論でさえ、国家間では取引の材料にされることもある。戦争に最も活用されることの多い術式のノウハウを、わざわざ他国に知らしめるのは当然愚策だった。

ましてそれがかつての悪徳の魔王を討つほどの強力な術式であれば、国家は血眼になってそれらを求める。そして奪ったあとには、他国に対する有利を得るために秘匿する。

かつての英雄たちは特にこういう流れで魔王認定されることが多かったが、それは今の時代も変わらなかった。


二に、特殊な武器の保持者。

これは武器そのものに英雄としての力が集約されていることが多かった。わかりやすいのが〈剣帝〉の魔剣である。ある時代に作られた特殊な武器群――通称〈七帝器《しちていき》〉――の一角でもある魔剣クリシューラは、初代〈剣帝〉が生み出した武器で、強力な事象干渉能力を持っていた。端的に言うと、魔剣は術式をすらほぼ無条件に切り裂くのだ。その力は今の術式全盛の時代において特に有用なものと見なされていた。

このタイプは必ずしもかつての英雄の子孫が武器を保持しているわけではない。たしかにその末裔として代々引き継がれていることも多いが、武器そのものがほかの者に奪われたり渡ったりすることもある。そうなれば、魔王認定されるのはまったく血筋に関係ない者になる可能性もあった。しかし一方で、その武器の始祖の家系は、そもそもの製造法の秘密を狙われて魔王認定されることもある。それくらい今の時代の魔王認定は手当たり次第だった。


そして最後。

三に、生まれたときから強力な能力が身体《からだ》に宿っている者。

最も複雑なのがこの三番目だった。おもに〈魔眼〉等の保持者がこれに分類される。〈天魔〉アイズはまさしくこの中にいた。

魔眼を一例にあげても、さらにそこには種類がある。そもそもその魔眼が、意図的に生成されたものなのか、自然的に発生したのか、という違いだ。かつての先祖が意図的に身体に術式を刻んだせいでそれが遺伝した、ということも多々あった。後天的な施術が遺伝する理由もさまざま研究されており、世界のあらゆる事象は式で表現できる、という常識に照らし合わせて『術式を刻んだ時点で人体が式の一部として何らかの作用を果たしているのだ』とする学者もいる。

しかしなによりも謎なのが、そもそもそういった術式によく似た能力を理論だたずに発現させる者が稀《まれ》にいるということであった。

いずれにしても、こういった者たちは現在の〈魔王認定〉の制度において最も悲惨な境遇にいる。捨てるに捨てられないのだ。

秘術や武器の保持者は、やろうと思えばそれらを捨ててしまえる。だからといって国家が見逃すとはかぎらなかったが、そもそもの原因を渡してしまえば見逃してもらえる可能性もあった。

だが、人体そのものに力が癒着していたり、果ては特殊な血に力が宿っていたりする場合は、容易にそれらを捨てることができない。捕まれば最後、その力の解明のために解剖されることさえあるかもしれない。

――俺の場合は……まあ、最悪腕を切り離せばなんとかなるかね。……考えたくはねえな。

サルマーンは自分の両腕を眺めて内心につぶやいていた。

――この奇天烈なメイドも、俺たちと似たタイプだな。

サルマーンはマリーザが戦闘中に術式を使っていなかったことと、特殊な武器すらも使っていなかったことを思い出して、ふと得心する。むしろ、彼女の細身に似合わぬ膂力《りょりょく》を見れば、もっとわかりやすかった。

ともかく、マリーザにも望まずに手に入れてしまったたぐいの力があるのだろう。そして彼女がそれを今くわしく話そうとしないのなら、あえて訊《き》くべきではないのかもしれない。

ただ最後に、一つだけ聞いておきたくて、サルマーンは意を決して訊ねた。

「――じゃあ、自分より強い第一主人は、その〈暴帝期〉のときに自分を止めてもらうための相互協力的な主人か」

予想だ。かつての〈暴帝〉の逸話を踏まえて、暴帝期がどういうものであるかにある程度の予想をつけていた。それに今までのマリーザの話を加えると、自分では止められないたぐいの力であることはなんとなくわかる。「止めてもらえませんからね」という彼女の言葉には、「止めて欲しい」という願望が如実に含まれていた。

そして、そんなサルマーンの予想を肯定するように、マリーザがうなずきで答えていた。

「……そうですね。より根源的な意味で、わたくしの主人でなくてはなりません。しかし、こんなわたくしを身体を張って止めて下さる主人でしたら、わたくしはその方に命をも捧《ささ》げます。わたくしが人として、そしてメイドとして生きるために欠かせないお方になるでしょう。わたくしにその自由を与えてくださる方にでしたら、わたくしはすべてを捧げてもいい」

マリーザの言いざまと、強い感情の乗っていた紫色の目を見て、サルマーンは、

「――そうか」

ただそう言って、それ以上を訊かなかった。

「なんの話？」

ふと、そのころになって、アイズの膝枕に寝かされていたメレアが二人に向かって声を投げかけてきていた。まだ恥ずかしそうにしながら頭をなでられているのを見ると、さすがに居た堪《たま》れなくなったのかもしれない。

「些細《ささい》な話でございます」

マリーザは小さく微笑を浮かべ、メレアの問いに答えた。やがて彼女は、ゆっくりと立ち上がって二人の方へ近づこうと一歩を踏む。

彼女は最後に、近くにいたサルマーンにだけ聞こえるような小さな声で言った。

「大丈夫です。わたくしの〈暴帝〉としての力がこの集団にとって良くない影響をもたらすと思ったときには、わたくしはここを去ります」

マリーザは顔に薄い笑みを浮かべていた。その笑みは少し悲しげに見えたが、不意に一瞬だけ、そこに少女のような無邪気な笑みが交ざったことにもサルマーンは気づいていた。

「でも、わたくしはようやく可能性を持つ方に出会いましたから。偶然だったのかもしれませんが、いっそのこと今は運命だったのではと、乙女らしく思ってしまったりもするのです」

そう言ってマリーザが二歩目を踏んだ。

「だから、ずうずうしいとは承知しておりますが、やはりあの方にわたくしの主《あるじ》としての可能性を見出《みいだ》さずにはいられないのです」

マリーザの視線はまっすぐにメレアの方を向いていた。

そのときサルマーンは彼女の願いの輪郭を見た。

マリーザはそのまま二人の方へ歩み寄り、会話はそこで途切れる。

サルマーンはしばらくの間感慨深げに三人が寄り合う光景を見ていたが、最後にはその視線が一つの背中に吸い込まれた。

――お前も急にいろいろ期待されて大変だな。

思いながら、そういう自分も同じことをしてしまっている自覚がある。おそらく自分もすでに、重荷を背負わせてしまっているのだ。

ただ、マリーザのそれはもう少し趣の違うものだ。

そうした上で、彼女自身がメレアに自分の願いを乗せていることをまだはっきりとは言っていないから、それを部外者である自分が先に言おうなんて思わないけれど、

――「がんばれよ」か、「頼むぜ」くらいは。

そういう含ませた言葉を掛けるくらいはいいだろうかと思って、サルマーンもまたメレアに近寄った。

いつの間にか、また身を起こして窓辺に首を出し、雪白の髪を風に靡《なび》かせる男の背が近づき――

「――おろろろろろろろ」

「ああっ！　台無しだよっ!!　おめえどんだけ吐くんだよ!!　ホント台無しだよっ!!」

思わずツッコんでしまっていた。

「だよなっ！　なんかすげえさりげなくまた窓から首出してたから嫌な予感はしてたんだよっ！

油断も隙もねえなおいッ!!」

サルマーンがびしりと指を突きつけながらメレアに言うと、すかさずその横からエルマが顔を出してきて、口を挟む。

「お前はなかなかタフだな、拳帝の。私なんかほら、このとおりおろろろろろ」

「おめえもいつまで吐いてんだよ!!　自慢げに言うんじゃねえよ!!　あとナチュラルに嘔吐《おうと》を会話

に組み込むんじゃねえ‼」

サルマーンはエルマに的確なツッコみを入れたあと、大きな動きで頭を抱えた。

「んああっ！　かなり先が思いやられてきたッ‼」

結局、励ましの言葉は言えなかった。

◆◆◆

黄金船はそれからまたしばらくの間、安定した速度で山を下りていった。

だが、麓《ふもと》に近づくにつれて斜面のこう配もなだらかになり、また黄金船自体の耐久度も徐々に、しかし確実にすり減ってきたこともあって、そろそろ船を降りたあとのことも考えておかなければならなくなった。

「で、これ東に落ちてんだろ？　そろそろぶっ壊れそうなのがアレだが」

「土のせいです‼　金だけだったらこんなことにはなりませんでした‼」

「お、おう……」

〈錬金王〉シャウの迫真の言葉に、サルマーンは一歩引きながら答える。

「でもそこはさすがの金！　さっきも言ったとおり麓までならちゃんと持ちますっ‼」

「そ、そうか。――んじゃあ、麓についたあとはどうするんだ？　霊山のムーゼッグ軍はさっきので最後っぽかったが、東にまっすぐ進めばムーゼッグ王国の本土がある。近場にゃムーゼッグの同盟国もあるだろうし……」

サルマーンは自分でそう言った直後、思い出したように言葉を付け加えた。

「……いや、一応〈三ツ国《みくに》〉っていうムーゼッグとは別離してる勢力もあるか。でも三ツ国はムーゼッグのさらに奥だしな……、隣接してんのがまたなんとも」

そんなサルマーンの言葉に、一転して真面目な表情を浮かべたシャウが続けた。

「それに、三ツ国はそれぞれムーゼッグから独立しているとはいっても、過去にやや強引な方法で魔王を戦争に駆り立てて死なせたことがありますからね。ムーゼッグと平野を挟んで隣接しているという地理的な問題もありますが、なによりも〈魔王狩り〉に類似するものに手を染めた過去がある、という点がネックになるでしょう」

「んあー、どの方角も似たりよったりだけど、やっぱ東は東で結構ごちゃごちゃしてんなあ。……どっかまともなトコはねえのかよ」

サルマーンが頭の後ろで手を組んで嘆くように言った。ほかの魔王たちも各々に思案げな表情でうなりだす。

「戦に関わってる国家は基本的に油断できないわよね。情勢が悪くなれば『力を貸せ』くらいは言ってきそうだし。むしろ『貸せ』ならいいけど、断った途端『よこせ』に変わって、結局また振り出しに戻るとか。せめてまともな取引の体裁を取ってくれるようなところはないのかしらね」

すると、その場に〈炎帝〉リリウムの声が響いた。さきほどまでの酔いはずいぶんと醒《さ》めたようで、声は溌剌《はつらつ》としている。

そしてこのときのリリウムの言には、みずからが魔王であることを受け入れているような響きが混ざっていた。それは、『戦いからは逃れられないかもしれない』という遠回しな提言でもある。

受け入れがたい事実ではあるが、一方でそれは理性的な言葉でもあった。そしてそのことを――

「取引、ね」

メレアもまた、察していた。

メレアもようやく吐き気から解放された様子で、船の壁に背をあずけながら、魔王たちの話に耳を傾けていた。その右手側には相変わらずアイズが控えていて、心配そうにメレアの様子をちらちらと窺《うかが》っている。アイズの方もみなの会話に興味こそあるものの、優先順位的にはメレアの体調への心配の方が上のようだった。

「そう、取引よ。あたしたちが駄々をこねたところで、魔王ってレッテルはそう簡単には消えないから。ならいっそのこと、この魔王としての力を対価に取引をしたほうがうまく立ち回れることもあるかもしれない。もちろん――可能性の話だけど」

リリウムがメレアの声を受けて言葉を返す。

「そうだね。そういう手もありだと思う」

――というより、速度を重視するならそういう手を取るべきなのだろう。

メレアは彼女の言わんとすることについて冷静に考えていた。

――まず、自分たちが一番に求めるものは何なのか。

最初に明確にするべきはそこだった。

――……外部からの魔の手を遮れる居場所、か。

少なくとも、そこにいれば一方的な命の強奪にさらされることがない場所。そういう場所を得るのが、魔王たちが最低限求めるべき条件であるとメレアは思った。

もちろん理想は、より悠々とした居場所の確保にあるが、今の情勢と合わせて考えるとそれはあまりに夢想的だ。そういう夢想的な願望に縋《すが》って、挙句《あげく》に下手を打つよりは、色眼鏡なしにしっかりと立ち位置を客観視しておいた方が生存への可能性は高まる。

その点やはり、リリウムは理性的だった。

「……」

そんなリリウムの言によって、ほかの魔王たちの脳裏から空虚な願望が霧散する。一気に残酷な現実に引き戻される。

多少ながらもそういう論拠のない願望に寄りかかろうとしていた魔王たちからすれば、リリウムの言は悪魔の槍《やり》のごとくであったかもしれない。

それでも彼らは、心のどこかではリリウムの理性的な言葉の正しさも認めていた。

可能性の輝きが少しでも見える予想ならまだしも、都合の良い願望でしかない夢想は、二十二人全員の命を危険にさらすという意味でこの際悪に近かった。

「まあ、脅《おど》されるとかよりは、まだ取引って方がマシだな」

メレアに続いて、サルマーンがリリウムの言葉に賛同の意を示した。

「仮にどこかの国家と取引するなら、向こうの言い分としては『外部からの魔の手を国家の名を使って遮ってやる代わり、いざというときはそっちの力も貸してくれ』って、このあたりが妥当かね。……結局、助けられつつ助けるってのが、今求められる最大の結果な気がしてくるな」

「……そうね」

裏切られなければ。リリウムは心の中で付け加えた。

口で言いかけたが、リリウムはさきほどの自分の言葉がただでさえ重い意味を提示してしまっていたことも自覚していて、これ以上仲間たちを悲観させないためにも、その場は自重することにしていた。

代わり、やれやれと肩をすくめながら、今の世界全体を皮肉るように言う。

「嘘《うそ》でもいいから、『別に戦いたくなければ戦わなくてもいいよ』くらい馬鹿なことを言える国家はないのかしら。最近じゃ嘘ですらそれを言えないところばかりだもの。話す前から目をギラギラさせて、口よりも先に手が出てくる」

「まったくだな。品がねえのが多い」

サルマーンが苦笑を返す。

「ムーゼッグなんか特にね。あっちの女、こっちの女、手当たり次第ってわけ」

リリウムのたとえに、サルマーンはまた一段と苦笑を深くして肩をすくめた。

次いで、なにかに気づいたように窓の外に目をやって、言葉を繋《つな》げる。

「……さて、あんまり時間もねえな」

窓から見える外の景色は、徐々に鮮明になってきていた。黄金船の滑走速度が落ちているのだ。

やがて魔王たちの間に焦燥の色をともなったうなり声があがりはじめる。

これからどこへ向かうのか。また新しい難問だ。

そうやって暗い雰囲気が黄金船の中に広がりはじめ――

「ちょっと、いいかな。俺に考えがあるんだけど」

一番俗世に疎《うと》そうなメレアが、不意に口を開いていた。

現状の世界情勢などまるでわからないメレアではあるが、その頭の中にはたった一つだけ、ある国の名前が浮かんでいた。

◆◆◆

『もし行先に困ったら、ひとまずレミューゼ王国を目指しなさい』

メレアの頭の中に、そんな言葉がかすかな光を灯《とも》して浮かんでいた。

天竜クルティスタづてに聞かされた話だが、フランダーがそう言ったらしい。

――俺が魔王に認定されることは、やっぱりわかっていたんだろうな。

だからこそ、そんな言葉を残したのだろう。その点にメレアは確信を抱いていた。

「〈レミューゼ王国〉に向かうってのはどう？」

ともあれ、メレアはそんな言葉を思い出したから、意を決して口に出してみることにした。

すると、メレアの言葉に、魔王たちがハッとした表情をみせる。「そう言えばそんな国があったな」と、忘れかけていたものを思い出したような表情だった。

しかしすぐに、彼らの顔に陰が差す。ほぼ同時に、表情が曇った。

「あー……、レミューゼか。レミューゼは……ちとキツいな。いや、この際まったく可能性がないよりはマシなんだが」

メレアの問いに対する第一声は、サルマーンの口からあがった。

「たしかにちょっと前の時代までは逃げてきた魔王を匿《かくま》うくらいの馬鹿で甘い国だったらしい。だが――それもかつての話だ。今のレミューゼ王がどうにもひどいらしくてな」

「ひどい？」

メレアが首をかしげる。

「ああ。俺も東の話はそこまでくわしいわけじゃねえが、そんな俺でも今のレミューゼ王の政治手腕が悪いって話はよく聞く。噂《うわさ》でしかねえが、ついにムーゼッグの門下に下ろうとしてるって話まであがってきてるくらいだ。そもそもそんな噂が浮き上がってきちまうあたりで、今のレミューゼの状態を察して欲しいところだな」

「でも、まだ生きてはいるのか、レミューゼは」

「ぎりぎりだ。つまるところ死にかけだよ」

サルマーンの言葉に賛同するように、一同はため息をついた。メレアは彼らの反応を見て、「やっぱりだめなのか」と内心に残念を浮かべる。

が、その直後。

メレアの案を後押ししようとする声が、一人の魔王の口から放たれていた。

「しかし、ほかに行く場所がないのでしたら、ひとまずレミューゼへ向かうのが良いかもしれませんね」

そんな言葉を放ったのは、マリーザだった。


彼女は両手を膝元に、背筋をピンと立たせ、ほかの魔王たちとは違う反応を返すことに臆する様子もなく、はっきりとした声を響かせていた。

「レミューゼはムーゼッグよりも南寄りにあります。位置的に考えるならば、うまく動けばムーゼッグの魔の手から逃れられるかもしれません。また、実際にレミューゼに入ってから『これはダメそうだ』となったら、レミューゼ国内を抜けて奥の〈三ツ国〉に潜伏する方法も取れます。ひとまず向かう先としては、レミューゼはまだかすかに希望も残っていますし、適しているのではないでしょうか」

マリーザは淡々と情報を列記しながら続ける。

「あと、少なくとも今のレミューゼなら、仮に『力をよこせ』なんて横暴を働いてきても潰せそうですから。ムーゼッグと違ってこちらに抵抗の余地があるというのは、わたくしたちにとって十分な選択の理由になるでしょう」

淀《よど》んだ空気の中を、マリーザの澄んだ声が貫いていく。そんなマリーザの言葉に、「それ、一番の理由は最後のとこなんじゃ……」「このメイドこええ……」等の震えた声がぽつりぽつりとあがってきていた。

すると次に、そのマリーザの言葉をさらに後押しするようにして、シャウが声をあげた。

実を言えば、東に船を滑らせた張本人として、シャウにもあてがあった。

「私はそれなりにレミューゼに可能性を感じていますけどね」

そしてシャウのあては、まさしくメレアとマリーザの言う方針と重なっていた。

「そこに願望じみたものがまったく含まれていないとは言いませんが、しかしまだマシだ。積極的に魔王を狩りにくる国家よりは、レミューゼは魔王を受け入れてくれる可能性があります。かつてそうであったという昔話も、それすらない国家と比べれば選択の根拠にはなるでしょう」

実際のところ、その選択が消去法的であったことは否めなかった。しかしシャウは、その選択が決定的に間違いだとも思っていなかった。

ほかのいくつかの選択肢よりは、これの方がいい。そうたしかに判断したがゆえの航路選択でもある。

「そう……だな。案外それも悪くねえか。金の亡者の言うとおり、一応過去の功績もある。まったく期待が持てないわけじゃねえ。メイドの『いざとなったらどうにか抵抗できそう』って話も、あながち的外れじゃねえしな」

サルマーンが幾秒か考え込む仕草を見せたあと、首を縦に振って言った。

「まったく、行先ひとつ決めるにもえらい心労を感じるぜ」

そうしてため息をつく動作は、すでにずいぶんと見慣れてきたところである。

「んじゃ、ひとまずレミューゼへ向かうって感じで？」

そんなサルマーンを見て苦笑を浮かべながら、メレアが疑問調に判断をあおいでいた。周囲の魔王たちをぐるりと見回し、彼らの表情を窺っていく。

メレアの言葉に、ほかの魔王たちはうなずきを返していた。

「――うん。よし、ならレミューゼへ向かおう」

メレアが彼らの視線とうなずきを受け止め、その身にまとめ、総意とする。メレアに全体を統括しようなどという大仰な意図はなかったが、結果的にそういう外観になった。

それを見ていたサルマーンが、今度は小さく笑って言う。

「なんだよ、ちょっと魔王の主《あるじ》っぽくなってきたじゃねえか」

「魔王の主？」

藪《やぶ》から棒の言葉に、またメレアは首をかしげた。

サルマーンは不思議そうな表情のメレアに対し、今度は少し真面目な口調で言葉を放つ。

「主みてえなもんだろ。俺たちはあのとき、お前に最後の判断をゆだねちまったからな。お前はそう思ってないかもしれねえけど、俺たちはお前の肩に重荷を背負わせちまったんだよ」

サルマーンはさらに続けた。

「……でも、それを悪いとは思ってても、やっぱり決定権の委譲は必要だと思ってる。今でもな」

魔王同士でいざこざを起こしてしまうのが、おそらく最悪の状況だ。今だってお互いにお互いを観察してはいるだろう。

それでいてどうにか協力していられるのは、きっと最後の判断を意識的に保留させているからだ。一度でも自分がこの中の誰かに決定的な反意を抱いてしまえば、そこにぎこちなさが表れてしまう。それが波及していけば、最後にはみながバラバラになる。たぶんこの魔王という繋がりには、まだそのぎこちなさをなだめるほどの強さはない。

魔王としての共感はとても強いものだけれど、個人としての付き合いはほとんどないのだ。

――考えるな。逃げきるまでは。

そこまで考えて、サルマーンは意識的に最悪の予想を頭の中から追い出した。

「俺たちが安全な場所にたどり着くまでは、判断や決定権の委譲が必要だ。――それにほら、そこにメイドがいるから、主って方がしっくりくるだろ？」

「ひどい理由ね……」

「リリウム、お前も結構ツッコんでくるよな」

「だって事実だもん」

そこで不意に口を挟んできたリリウムとサルマーンが楽しげな皮肉の言い合いをはじめて、いったんその話題はうやむやになった。

しかし、そのときメレアの頭の中では、

――まさか、『―魔―主』って……。

かつて握った〈未来石《フューナス》〉にかすれて浮かんだ文字が、いまさらながらに思い出されていた。

◆◆◆

行先は決まった。

あとは行けるところまでこの船で滑り下りて、船が壊れたらまた別の方法でレミューゼを目指すしかない。

メレアは魔王たちとの会話を終えたあと、船の窓辺から身を乗り出して、もう一度船の下りていく先に目を凝らしていた。

——もうムーゼッグやほかの国家はいないだろうか。

ムーゼッグの本隊らしきものからは逃げ切ったが、あれが本当に本隊であったかについては確証がない。また、あれが仮に本隊であったとしても、下に予備兵力が残っている可能性もある。

ここまで下りてくるまでになにもなかったことは僥倖《ぎょうこう》だが、かえってその何もなかったことがメレアに異様さを感じさせてもいた。

——特に敵の姿は見えない……か。

やはり、杞憂《きゆう》だろうか。メレアは視界に特筆すべきなにものも映らないことを受けて、そんな感想を胸中に浮かべる。

「お前も結構心配性だな？」

と、そんな様子を見かねてか、船の中からサルマーンが声を掛けてきた。

「まあね」

メレアは向かう先から視線を外し、船内を振り返ってサルマーンに苦笑を返す。

「でも、何も見えないから、本当に大丈夫そうだ」

そう言って、結局メレアは身体《からだ》ごと船の中に戻ろうとした。

だが——次の瞬間。

「っ！　あぶ、ないっ！」

不意にアイズの焦燥をともなった声があがって、さらにメレアは駆け寄ってきたアイズに思いきり手を引っ張られていた。

「えっ？」

突然の出来事に呆《ほう》けた声をあげながら、メレアはそのまま船の中に倒れ込む。

その直後、メレアの背後で轟々《ごうごう》とした音が鳴った。

「っ！」

何かが燃えるような音。

「アイズッ！　無事か！」

船の中に倒れ込んだメレアは、後ろで鳴った音も気になったが、なによりもまずアイズの方に意識を向けた。身体ごと自分を引っ張って、背中から船床に倒れたアイズ。とっさの反応で手を突っ張れたため彼女を押し潰さずには済んだが、今の転倒で怪我《けが》を負ったかもしれない。

「わたしは、大丈、夫！」

しかしアイズは、メレアの腕の間で、力強くうなずいていた。

「よかった……」

メレアは思わず安堵《あんど》の息を漏らす。それからアイズの華奢《きゃしゃ》な身体をひょいと持ち上げて、傍《そば》に立たせた。

「今のは？」

「たぶん、攻撃、だよ。――あっ、また、来る！」

するとアイズが、再び警告を発した。彼女の銀眼の中に浮かぶ術式紋様が、淡い紫色の光を放つ。

「右の、窓！」

アイズは続く動きで右の船窓を指差した。ほかの魔王たちもつられるように注目し、

「っ、離れろ！　術式だッ！」

一瞬ののち、その窓のすれすれをくすんだ灰色の炎が突き抜けていく。

メレアはすぐに右の窓に走り寄って、今後方に流れていった灰色の炎を見る。高速ですれ違うように過ぎ去った灰色の炎は、すでにかなり小さくなっているが、それが術式によるものであることをメレアは疑わなかった。巨大な槍《やり》のような形状をしていたことも判断の理由の一つだが、なによりも、〈術神の魔眼《フランダー・クロウ》〉に構成術式が映り込んでいた。

――なんだ、あの術式は。

しかし一方で、その灰色の炎には不審な点もあった。

「左！」

アイズがまた声を張り上げる。

左側、さきほどよりもやや船に近い位置を灰色の炎槍《えんそう》がかすった。徐々に狙いが定まってきている。

「あっ！　ちょっと！　かすっただけなのにだいぶ金が溶けましたよ!?　あれの直撃は結構まずいです！」

続けてシャウの声があがって、魔王たちの困惑と焦燥が一気に頂点に達した。

「俺が止める！」

と、メレアが急ぐ動きでもう一度窓から身を乗り出す。いまだにどこからこの炎の大槍が飛ばされているのか正確にはわからないが、下から投擲《とうてき》されていることだけはたしかだ。

そうして眼下に注視を向けたメレアは、すぐに、あるものを見つけた。

——なんだ。

はるか下方、白い靄《もや》がかかっていてやや見えづらい遠方に、大きな黒い影を見る。それは日光を反射して、鈍く光っているようにも見えた。

——黒く、光る……

直後、メレアはその黒いものがすべて鎧《よろい》であることに気づく。

——ムーゼッグか！

大きな黒い影の正体は、密集している黒鎧の集団だった。

同時、今度はその黒い集団の中心で灰色の光が閃《ひらめ》く。間違いなく、さきほどから何発も投擲されてきている炎槍の光だろう。

「やらせるか！」

メレアは左手で窓枠をつかみ、身体を支えながら、右手を前に掲げた。精査も重要だが、まずはあの炎槍を防ぐ方が先だ。

「〈氷魔の双盾《システィ・ルース》〉」

メレアが言霊を紡ぐと、即座に船の前面に透き通った水色の氷が現出した。それは瞬く間に大きく広がって、ついには巨大な盾のようになる。分厚く、また、盾の表面には意匠の凝った天使の絵が彫られていた。

最終的にはそれが二枚、船の前面に展開され、正面からの攻撃を遮る防壁になる。

「来るよ！」

船の中からアイズの声が聞こえた。メレアはその声を聞いて、いっそうの注視を眼下に向ける。

透き通った水色の盾の向こうで、一人だけ軽装を身に纏《まと》った男が、灰色の炎槍を思い切り投擲した
のが見えた。
それは、あっという間に船の目前にまで飛んでくる。
「くっ!」
炎槍はメレアが展開した〈氷魔の双盾〉の右端を削り、やや勢いを弱めて後方へと流れていった。
――鋭いな……!〈氷魔《システィ》〉の盾をここまで削るか!
世界で最も硬い氷と言われた〈氷魔の双盾〉。それをたやすく削り取った炎槍の威力にメレアは
素直な驚きを抱きながら、一方でその威力に納得を抱いてもいた。
――知らない、術式理論だ。……あれも秘術のたぐいか。
メレアがとっさに反転術式を使わなかった理由がそこにあった。その灰色の炎槍には、英霊《えいれい》たち
によって数々の術式理論を頭に叩《たた》きこまれたメレアをして、知らない理論が使われていたのだ。
――あの場にいなかった英雄の術式か、もしくは今の時代に残る魔王の術式か。
そのあたりでさらに二本の炎槍が飛んでくる。連続して次々と放たれる炎槍はメレアの氷盾をが
りがりと削っていくが、メレアの氷盾の方も炎を相手にしているにもかかわらず凄《すさ》まじい硬度を保
ち、致命的な一撃はすべて防いでいた。
――このまま突っ切ることができれば。
二枚目の氷盾はまだ十分に残っている。この調子なら――と、メレアが思った矢先、眼下で別の
動きが起こった。
あの軽装の男が、片手を天に掲げ、その手の先に新たな術式を編んでいた。
一拍のあとに手の先に現れたのは、馬鹿でかい土色の巨塊である。やはりメレアの知らない術式

理論が使われていた。

「ちょ、ちょっと待ってください！　いくら金の力が偉大だとは言ってもさすがにあれはまずいです！　土が混ざっているから余計にまずいです!!」

そのあたりで、再びシャウの声があがる。

「さっきからあんたの金も結構だめだめじゃないの！」

さらにリリウムの声が続いた。二人も眼下の土色の巨塊に気づいたようだ。

その間にも船は滑り、向こうに見える土塊もみるみるうちに巨大化していく。徐々に槌《つち》のように成形されていくそれは、もはやこの船よりも大きかった。

「大丈夫だ！　伏せてろ！」

そこで再びメレアの声。メレアはいつの間にか、船の窓から身を乗り出したまま、向こうに見える軽装の男と同じように片手を天に掲げていた。

――あれは氷盾では防げない。

メレアは確信していた。

――でも、素直に打たれているだけだと思うなよ。

しかしその意志はまるで衰えていなかった。

「〈天王の剛槌《エクシル・フローラ　ごうつい》〉」

直後、メレアの掲げた手から淡い青色の光がほとばしる。その青光は線を描き出すように走り、一瞬のうちに巨大な槌の外形を作り出した。さらにその槌は不気味な吸気音を立てながら周囲の空気を吸い込みはじめ、最後には莫大《ばくだい》な量の大気を内包した剛槌となる。

ほかの魔王たちはメレアが展開した術式を見て、近いうちに大きな衝撃がくるであろうことを確信した。とっさにつかまれる場所につかまりながら、断片的に窓から差し込んでくる光景に目を凝らし、身構える。

　そして――

「っ！」

　ついに、船が黒鎧の集団に突っ込んだ。

　その瞬間、メレアは掲げていた手を斜めに振り下ろす。

　船の正面に立っていた軽装の男もまた、メレアの剛槌の軌道に合わせるように、反対側から手を振り下ろしていた。


　激音。二つの巨塊が衝突する。

　大気の剛槌と土の巨槌は衝突部から爆風を生みながら競り合い、――最後には同時に砕け散った。

　直後、ひときわ激しい風がその場を襲う。黄金船が風に軋《きし》み、その進路をわずかにずらした。

　そしてその爆風の中で、

「――」

　メレアとその軽装の男だけが、お互いを見ていた。

　すれ違い。進路をずらした黄金船は、軽装の男のわずか横を猛然とした速度で過ぎ去る。

　窓から身を乗り出していたメレアは、互いが手を伸ばせば届いてしまいそうな距離で、その男の容姿と表情をたしかに捉えていた。

　フランダーによく似た灰色の髪。

　驚愕《きょうがく》と憎悪の入り混じった表情。

一瞬ののち——それは見えなくなる。

メレアの耳を「追え！」という怒号が弱くつついたが、その語尾が空気にまぎれたときには、黄金船が黒鎧の集団を突破していた。

「あっぶねえ、なんとかうまいこと捕まらずに済んだか」

揺れが収まったあと、サルマーンがメレアの近くに寄りながら声をあげた。ほかの魔王たちも、各々に冷や汗をぬぐいはじめる。

が、その中でメレアだけは、今すれ違った男の方をまだ見ていた。身体を窓の外へ乗り出したまま、今度は逆になった位置から男の方を見上げている。

「どうした？　もしかして知ってるやつか？」

そんなメレアの様子に気づいたサルマーンが、首をかしげながら訊《たず》ねた。

「——いや、知らないやつだよ」

メレアは首を振って答える。

けれど内心では、まだあの男のことが気になっていた。

——気のせいだ。

たった一瞬のすれ違い。顔はたしかに見えたが、かといって十分な時間眺めていられたわけでもない。

「そうか」

「……うん」

そう思いながらも、やはりメレアは山頂方向から視線を外すことができなかった。

エピローグ　【そして彼は魔王になった】

黄金船はリンドホルム霊山《れいざん》のこう配なだらかな麓《ふもと》にたどり着くや、ついに身がすり切れてぼろぼろと崩れ落ちた。まるで土かなにかで出来ていたような、そんな壊れ方だった。

「まあ、だいぶ持った方でしょう」

黄金船の錬成者たるシャウは、そうやってぼろぼろと崩れた黄金船を見て、その金色を惜しむような視線を向けた。

しかし、彼はすぐに魔王たちの方を振り返り、微笑を浮かべながら優雅な一礼を見せる。

「どうです、金《かね》の力も捨てたものじゃないでしょう?」

「金《かね》なのか金《きん》なのか、どっちか判断しかねるよ」

社交界において貴い身分の者たちが見せるような大げさな身振りの一礼を見ながら、メレアが苦笑を返していた。

「はは、どっちもですよ。金《きん》は資本の本位ですからね」

シャウが姿勢を元に戻しながら笑う。

「――うん。でも本当に、捨てたもんじゃない。俺はそう思ったよ」

そんなシャウに、メレアは素直な言葉を述べていた。自分たちをリンドホルム霊山の麓まで連れてきてくれたこの金の船は、間違いなく自分たちにとっての救世主であった。

「嬉《うれ》しいことを言ってくれますね。――さて、もう少しその感慨にふけっていたいところではありますが、さほど余裕があるわけでもないので、くたくたな頭と身体《からだ》をもう一度奮起させましょうか」

短く金の栄誉を讃《たた》えたシャウは、すぐさま襟を正し話を本題に戻した。

「レミューゼへ向かうにしても、ここからは平地です。足がありません」

「まずは街道に出ましょ。たしか東に少しいったところに行商街道があったわよね」

シャウの声に間髪いれず答えたのはリリウムだった。

「さすが、地理にもくわしいですね、リリウム嬢。伊達《だて》に学術国家の名園に入学したわけではなさそうです」

「お世辞はいいから。うしろからムーゼッグが追ってきている状況じゃ、あんまり嬉しくないわ」

リリウムは肩をすくめてすぐに続ける。

「一度にレミューゼまではいけないから、途中の街に寄って物資の補給をするべきじゃないかしら。——で、その街に行くために、まずは行商路で足を手に入れないと」

「これはもう運試しみたいなものですね。うまいこと足になるものと鉢合わせればいいのですが」

「現状がすでに博打《ばくち》の結果みたいな状態じゃない。とにかく、今ここでジッとしててもなにも変わらないわ」

リリウムがそう言って、率先して東への一歩を踏んだ。

このとき二十二人の魔王全員を運ぶ手段を持つ者がいたら、その誰かが声をあげていただろう。

しかし、声はあがらなかった。

あるいは、個人でならばどうにかできる術《すべ》を持つ者はいたかもしれないが、そういう方法は選べなかった。全員で逃げるという指針が、みなの頭の中の羅針盤でみじろぎをしていた。

だから、彼らは黙々と走ることにした。

霊山麓のまばらな山林の中を、魔王たちは一丸となって駆けていく。

葉の間をくぐり抜けてくる淡い陽光と、山林内にただよう澄んだ冷気がその身をなでた。

まだ、麓まで下りきっただけだ。

ムーゼッグ軍の本隊をなんとか突き抜けることができたが、今にムーゼッグ軍は自分たちを追ってくるだろう。

あわよくばほかの方角から自分たちを追ってきていた別の国家と鉢合わせして、互いに潰し合ってくれればとも思うが、ムーゼッグの力の強さを考えるとその希望に全幅の信頼をおくわけにもいかなかった。

――レミューゼはまだ遠い。

◆◆◆

白い冷気と深い緑。

今までより濃く感じられる空気が鼻を穿《うが》ち、聞き慣れない虫の声が耳を突く。木々の隙間を縫って駆けてくる風も、霊山の山頂に吹く寒風と比べるとずいぶん優しげで、肌触りが良かった。

麓の山林は、メレアにとって初めての世界だった。

そこは、知らない景色にあふれていた。

――こんな緑の多い場所へ来るのは、いつぶりだろうか。

霊山の角ばった景色と、その山頂から見渡せる大雑把な景色。そればかりはうんざりするほど見てきたが、実際に眼下に映る景色の中へ身を飛び込ませるのはこれが初めてだ。

こんな状況ではあれど、メレアにとってそれは心躍る体験でもあった。

「メレア、くん？」

するとメレアの隣を走っていたアイズが、不意にメレアの顔を見上げて声を掛けてきていた。

疑問調に掛かった声音は、走っているせいか少し弾んでいる。

アイズの声にメレアが眉をあげて反応を返すと、彼女は目を伏せながらさらに言葉を続けた。

「えっと……楽しそうだな、って」

メレアは彼女の率直な言葉に、正直に答えた。

「……うん。こんな状況で楽しいって言うのもちょっと憚《はばか》られるんだけどね。俺は、今まであの山頂から下りたことがなかったから。こうして初めての景色を見ると、やっぱりこう、心が躍るって感じがするんだ」

「ずっと、あの山にいたの？」

アイズはあらためてそのことに驚いたように目を丸め、メレアに問い返した。

「そうそう。下りよう下りようとは思ってたんだけど、うまく機会がつかめなくてね」

メレアはアイズに自嘲気味な笑みを返す。

「――怖かったんだ。あの山頂には俺がすごく大事にしていたものがあってね。それがちょっと離れている間に壊れてしまったらと思うと、動けなかったんだ。その大事にしていたものが壊れやすいものだと知っていたから、余計に。小心者だろう？」

メレアは素直に心中を吐露した。まるで自分は強い人間ではないと白状するように。

「そんなこと、ないよ」

しかしアイズから返ってきた言葉は、メレアのそんな思いをすべて受け止めたうえで、優しく紡がれた。

「ああ、アイズの言うとおりだ。ムーゼッグ相手に真っ向から敵対しようとした男が小心者というのは、なかなか笑える冗談だな」

すると、今度は二人の少し前を走っていたエルマが振り向いて言った。彼女は黒髪を跳ねさせながら、微笑を浮かべてメレアの隣にやってくる。

「てか、やっぱりお前って結構考えすぎるタイプだよな。気負い癖みたいなもんが悪い方にでねえといいが」

次いで、サルマーンがメレアの後ろからやってきて言った。その顔には好青年らしいさわやかな笑みが浮かんでいるが、一方でそこには少し悪戯《いたずら》げな雰囲気も見てとれる。

「気負う！」「きおう！　……きおうってどういう意味？　わかんないけどいっか！　きおうー！」

さらにそんなサルマーンの肩の上から、青銀の長髪を振り乱した少女たちが楽しげな声をあげた。

「なあ、なんでこいつら素知らぬ顔で俺の肩に乗ってるわけ？」

「サルは背負うの！」「あっ！　背負うはわかる！」

双子はサルマーンの文句をまるで意に介さず、今度は彼の頭をぱしぱしと叩《たた》きはじめる。彼女たちの無邪気な声は、魔王たちにとって癒しでもあった。

「……はあ。まあいいけど。お前らが走るより俺が担いでいった方がはええからな」

「すでに二人の世話役が板についてきたな、サルマーン」

メレアはそんなサルマーンに微笑を向けながら言う。

「ああ、言うな言うな。まさかこの歳《とし》で幼女のお守をすることになるなんざ想像してなかったわ」

「幼女じゃないし！」「少女だし！」

「このやたらに息のあった連係がたまに頭にくる」

「サルのくせに！」「生意気なサルめっ！」

「だからその呼び方やめろって！」

サルマーンが上を向いて二人に言うが、やはり双子は何食わぬ顔でその言葉をスルーし、今度はサルマーンの髪をいじりはじめた。

「大変だな、サルマ――サル」

「お、お前ぜってー他人事《ひとごと》だろっ!!　――てかわざわざ言い直すんじゃねえよ!!」

「は、は、は」

メレアはわざとらしく平坦《へいたん》な笑いを返し、それからまた楽しげな笑みを浮かべた。


それから魔王たちはさらにいくばくかを走って、一度休憩を取ることにした。いち早く霊山の近場を離れたいという思いもあったが、戦闘を挟んでの逃避行の疲れがここにきてどっと押し寄せてくる。

木が密集するちょっとした窪地《くぼち》を見つけた一行は、そこで各々に休息を取りはじめた。

「ふう。やはり適度な休息は必要ですね。このままだと走りながら死にかねません」

「あんた脆弱《ぜいじゃく》だものね」

「ええ、私脆弱ですからね！」

「金が懸ったら？」

「金を手に入れるまでは強靭《きょうじん》になります！」

「ホントうさんくさいわね……」

するとさきほど走っている間に先頭でなにやら相談ごとをしていたシャウとリリウムが、ずいぶんと聞き慣れた軽口の叩き合いをしながらメレアの近くにやってきた。

「相変わらず楽しそうだね」

メレアは二人に楽しげな笑みを向けながら言う。

「そう見えるんならあんたの目は節穴ね」

その言葉にリリウムがため息をつき、そのままメレアの近場に腰を下ろした。

「私は結構楽しいですけどね？」

さらにシャウが剽軽《ひょうきん》な雰囲気を漂わせながらその反対側に座る。

「ま、ひとまず軽口はこのくらいで」

すると今度は、シャウが真面目な表情を浮かべてメレアの方を向いた。

「少し真面目な話になりますが、いいですか？」

「ん？」

メレアが眉をあげてシャウの言葉に答える。

「行先についてなんですが、ひとまず行商街道を目指すというのは確定ということでよろしいですよね？　あなたに確認を取っていなかったので、いまさら訊《き》いておきますけど」

「うん。俺は下界のことにくわしくないから、そのあたりはシャウやリリウムに任せるよ。というか、別に俺の許可を取らなくてもいいんだけど――」

メレアは少し困ったように頭をかいて言った。

しかし、シャウの方はそんなメレアの言葉に笑みを浮かべたまま首を振る。

「はは、そうはいきませんよ」

さらにそこから言葉を繋《つな》げていった。

「あなた、自分で気づいていないかもしれませんが、すでにこの集団の中心にいますからね」

「俺が……？」

メレアは驚きを隠しもせずにシャウを見た。

「ええ、あなたです。――あなたしかいないのです。珍しく、私が金に関わらない事柄に断言をしますが、このしがない魔王の集団はあなたが私たちを救ったからこそ、ここに在るのです。あの霊山の山頂で、あなたが『魔王を救う』だなんて馬鹿なことを言わなければ、そして実際にそれを貫き通してみせなければ、きっと私たちはあそこで死んでいたでしょう」

大げさだ、と内心で思いながら、メレアは魔王たちが自分の周囲に近づいてきたことに気づいた。彼らは各々笑みを浮かべていたり、決意の灯《とも》った真面目な表情を見せていたり、さまざまな表情を顔に乗せている。

「あなたがそれを大げさだと思っていても、金の亡者である私でさえ助けられたという念を抱いているくらいですから、もっと性根のまともなほかの魔王たちは、あなたに少なからぬ感謝を抱いていると思いますよ」

シャウが身振りをともなわせながら言うと、今度は反対側に座っていたリリウムが声をあげる。

「あんたってお金のことばかり考えてるのかと思いきや、たまにこういうところでも鋭いこと言うからかえって気に食わないわね」

リリウムはじとっとした目でシャウを見上げていた。

「おや、失敬ですね！　私が考えるのはお金のことだけではありませんよ！　――金に関わりそうなことならなんでも考えますッ!!」

「あ、ああ、そう……そういう思考回路なのね……。いや、うん……一瞬でも『少しはまともかも』って思ったあたしが間違ってたわ」

リリウムはたっぷりとした紅髪ごと頭をがくりとうなだれ、次いでメレアの方へ視線を移した。

「まあでも、実際にこの金の亡者が言うことには一理あるのよ、メレア」

メレアはリリウムの視線と言葉を受けて、またびっくりしたように目を丸める。

「不本意ながらあたしもこの金の亡者に賛同するけど、今の時点でこの魔王たちの中心にいるのは間違いなくあんたよ。……勝手な話だって、みんな自覚してると思うけどね。もちろん、あたしも」

リリウムは自嘲気味な笑みを浮かべて、メレアに言った。

「俺は……」

メレアは二人の言葉を受けて、一度自分の内心に意識を向ける。

――俺は、この魔王という制度と、ムーゼッグのやり方が気に入らなかっただけだ。

二人のまっすぐな言葉に、思わずそんな言い訳が浮かぶ。

「いずれにせよ、結果的にあなたは私たちの救世主になった。そしてなおも私たちを救おうと思ってくれているのなら、やはりあなたがこの集団の中心にいるべきなのです」

再びシャウの言葉。

そして次のシャウの言葉は、メレアにとある是非を求めていた。

「だから――士気のためにも、少し言葉を頂けませんかね？」

シャウが片眼をつむって言った。

魔王たちはみな、まっすぐにメレアのことを見ていた。

メレアは彼らの顔をぐるりと見回す。

「……困ったな」

所在なく流れたメレアの視線は、最終的に空へと向かった。

「ちなみにこれは、これからみんなでやっていくに際して必要なこと？」

メレアが空を見上げながら、最後の確認とばかりに言う。

その言葉に、魔王たちは一斉にうなずいていた。

「悪いとは、思ってるけどな。でもたぶん――いや確実に、お前しかいないんだ」

サルマーンが申し訳なさそうに頭をかいて言う。

メレアは彼らのうなずきと言葉を受けて、ついに観念したように息を吐いた。

空を見上げていた顔を再び正面に戻し、魔王たちの顔をもう一度見てから、立ち上がる。

「――わかったよ。こういうの慣れないから、ちょっと恥ずかしいけど」

「これから慣れればいいのです」

シャウの言葉に、メレアは何度目かもわからない苦笑を返して、ついに意を決した。

士気のための言葉をと言われても、なにを言えばいいかわからない。

だからとにかく今は、自分がどうしたいかを彼らに伝えることにした。

「――俺は、長《おさ》とか、中心とか、そういうの柄じゃないけど……でも一つだけ、やりたいことがあるんだ」

メレアの言葉は、そんな前置きからはじまった。

「俺は、自分の手が届くのならば、この〈魔王〉という制度によって理不尽にしいたげられている誰かを、助けたいと思ってる」

その言葉を口に乗せることに、もはや躊躇《ためら》いはない。

「そして、もし俺がその意志を掲げることで、みんなが一つになれるのなら、それもそれでいいと思ってる」

なんとなく、彼らの言わんとすることもわかっていた。

「たとえ、その協力がその場しのぎのものであったとしても、ひとまずはいいんだ」

みんな同じ魔王だけれど、すぐにはできないこともある。こうして協力しながら、どうにかここまでは逃げてこれたが、これから先もずっと同じことができるかどうかはまだわからない。

「でもやっぱり、いずれはお互いがもっと深く知り合えたら、そっちの方が良いとも思う」

難しい。人と人がまっすぐに向き合うのは、いつだって難しい。

しかし、決して無理なことではない。

当面はゆっくりしている時間がなくて、今はまず安全な居場所を探すことが先決だけれど、いずれは自分が彼らにとっての緩衝材になれたらいいな、ともメレアは思っていた。

「だから、俺たちが無事レミューゼにたどり着いて、そこでもしうまく居場所を得ることができたときは――」

ふと、そこで少しの間が空く。特に言葉を用意していたわけではなかったメレアは、次の言葉をどうしようかほんの一瞬悩んだ。

しかし、その一瞬ののち。

メレアの口は、ちゃんと言葉を紡いでいた。

「――みんなで、晩餐会《ばんさんかい》でもしよう」

それは考えて出した言葉ではなかった。口をついて出たように、ほとんど無意識のうちに漏れた言葉だった。

だがメレアは、その言葉を放ったあとの魔王たちの顔を見て、言ってよかったと思った。

彼らは最初、少し驚いたように目を丸めたが――すぐにその顔に笑みを乗せていた。

楽しげだったり、恥ずかしそうであったり。わざとらしい苦笑であったり、優しげな微笑であったり。

そして最後に、彼らは立ち上がった。

メレアはそんな彼らをもう一度ぐるりと見て、最後に短く言った。

「――行こう。まだ俺たちは進んでいける」

メレアは視線とつま先を東へ向けた。さらに、一歩、二歩と、歩を進めはじめる。

魔王たちはそんなメレアの背を見て、それぞれに決意の表情を浮かべたあと――そこに続いた。

メレアの歩む道に、歩を重ねて行く。

それが、このときの魔王たちの在り方だった。

◆◆◆

未練ゆえにこの世に留《とど》まっていた百人の英霊。

その百人の英霊に育てられた〈メレア・メア〉。

英雄になるべくして生まれたその男は、その日、〈魔王〉と呼ばれる者たちと旅に出た。

百の英霊に育てられたメレアは、このリンドホルム霊山での一件により、ムーゼッグ王国において正式な〈魔王〉に認定される。

魔王に認定されると、ほかの魔王との差別化のために〈号〉がつけられた。

もとは英雄の賛美のためにも使われていた、いわゆる称号のようなものである。

そしてまた、そうした号制度の中には、曖昧ながら力の序列も存在していた。


〈魔号〉、〈王号〉、〈帝号〉、〈神号〉。


最高位を〈神号〉として、〈魔号〉を最下位とする。

実のところ、今の時代においては神号を持つ魔王はあまりいなかった。自動的な世襲によるものでなければ、新しく神号をつけられる魔王もほとんどいない。その理由は、基本的に狩られる側の存在となった今の時代の魔王に、神号をつけてまで警戒するほどの者がほとんどいなかったからだった。

だが、そんなこの時代に――


メレアは〈魔神《まじん》〉という号を与えられた。

メレアにつけられた〈魔神〉という号は、前述の力の序列的にも、また、ほかのさまざまな意味でも、かなり特殊だった。

いわば〈魔神〉という号は、メレアのためだけに作られた新しい号だったのだ。

そんな今回の号の新設には、実際にメレアと相対《あいたい》したムーゼッグ術式兵団の術師の意向が強く反映されている。一命を取り留めたムーゼッグの術師たちは、全員もれなく、メレアに対して神号認定を申請していた。

また、彼らは自分たちの連係術式がたった一人によって反転させられたことに、なによりも衝撃を受けていた。反転術式による術式相殺は、かつて術師の頂点に君臨すると言われた英雄――〈術《じゅっ》神《しん》〉フランダー・クロウの得意とした、おそろしく難度の高い術式手法である。その手法がどれだけたぐいまれな術式能力を必要とするか、術師である彼らはよく知っていた。

ゆえに、それと同じことをしたその男には、現在空席である〈術神〉の号が与えられるかと思われた。――だが、そうはならなかった。

その男がほかの魔王の術式を使ったという報告があったのだ。

いくつもの魔王の術式を使う男を、どう呼べばいいのか。単純に号を世襲させるにも、判断がつけられない。


結果、その男に〈魔神〉という号が与えられた。

そこには総体的な力の化身という意味も込められている。


そうしてメレアは、まずムーゼッグ王国において、正式に〈魔王〉と呼ばれるようになった。

のちに〈百魔《ひゃくま》の主《あるじ》〉と呼ばれる男の魔王としての生は――そこからはじまった。

メレア・メア 【号】魔神

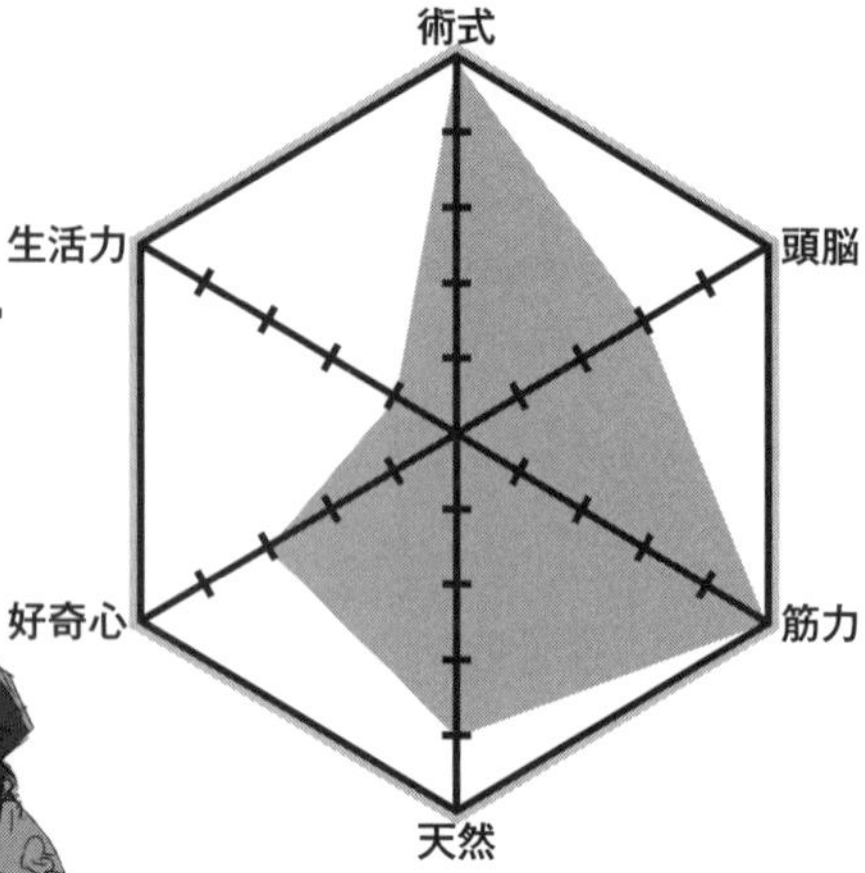

武器：

術神の魔眼、雷神の白雷、風神の六翼、戦神の剛体…etc

好き：

いかにもファンタジーっぽいもの

苦手：

歌うこと（音痴）、整理整頓、片づけ

コメント：

未来石《フューナス》を割ることに関してはそろそろ達人を名乗ってもいいかな。

匿名希望の声：

・あいつ覚えてる知識とか常識がやたら古いんだけど。
・リンドホルム霊山出土の生きた化石って感じがするわね。
・そのせいか金の匂いがまるでしないです……。

エルマ・エルイーザ 【号】剣帝

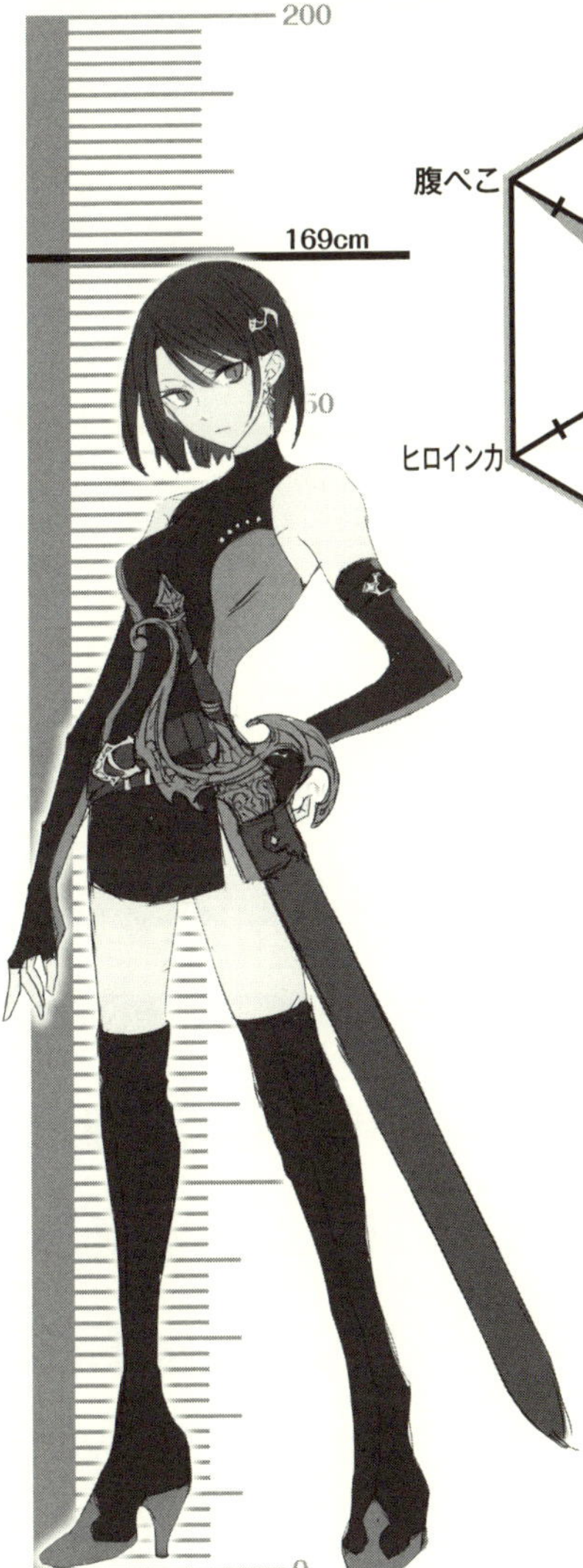

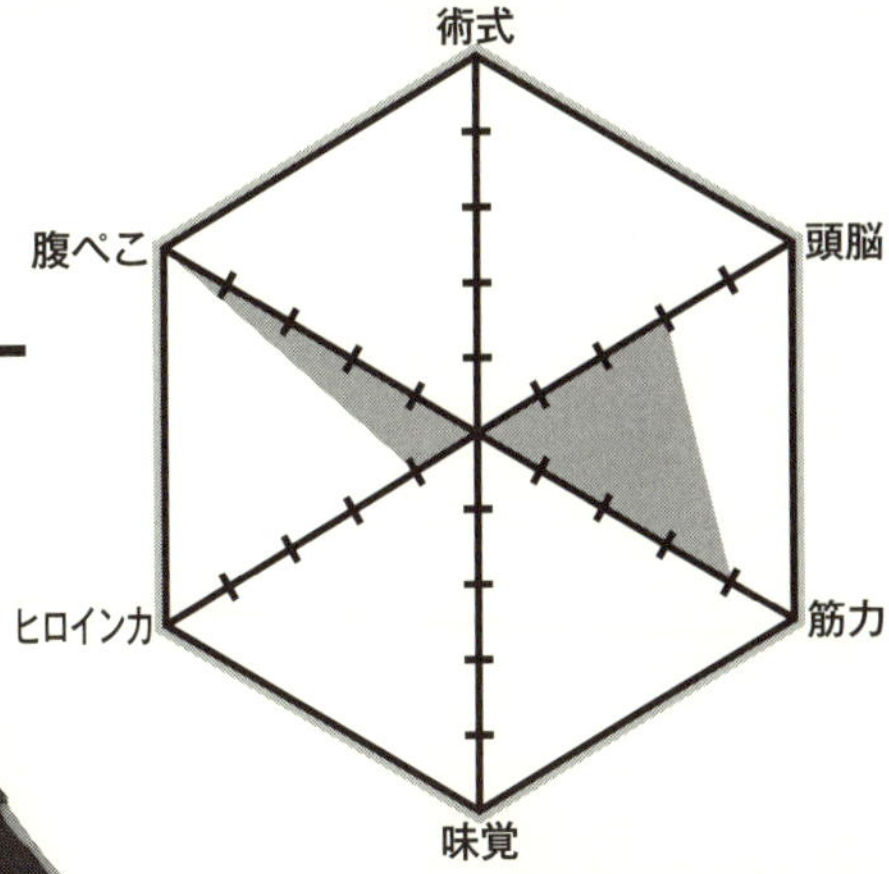

武器：

魔剣クリシューラ

好き：

料理

苦手：

女らしい振る舞い

コメント：

昔から誰かに料理を振る舞おうとするとことごとく逃げられるのはなぜだ。

匿名希望の声：

- 雑談中、あいつが料理の話をしてるってことに気づくまでに時間が掛かる。
- え？　あれって料理の話だったんですか？　材料に金属とか出て来てませんでした？
- わたくしはてっきり剣でも作っているのかと……。

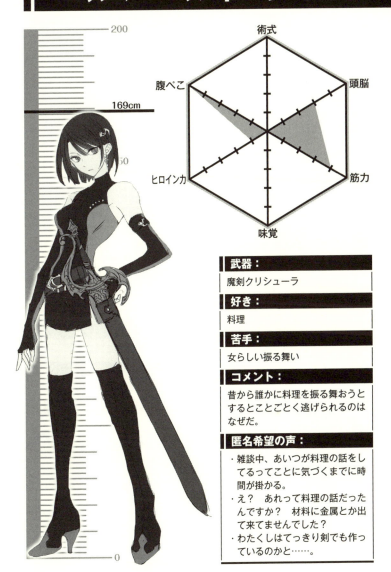

アイズ 【号】天魔

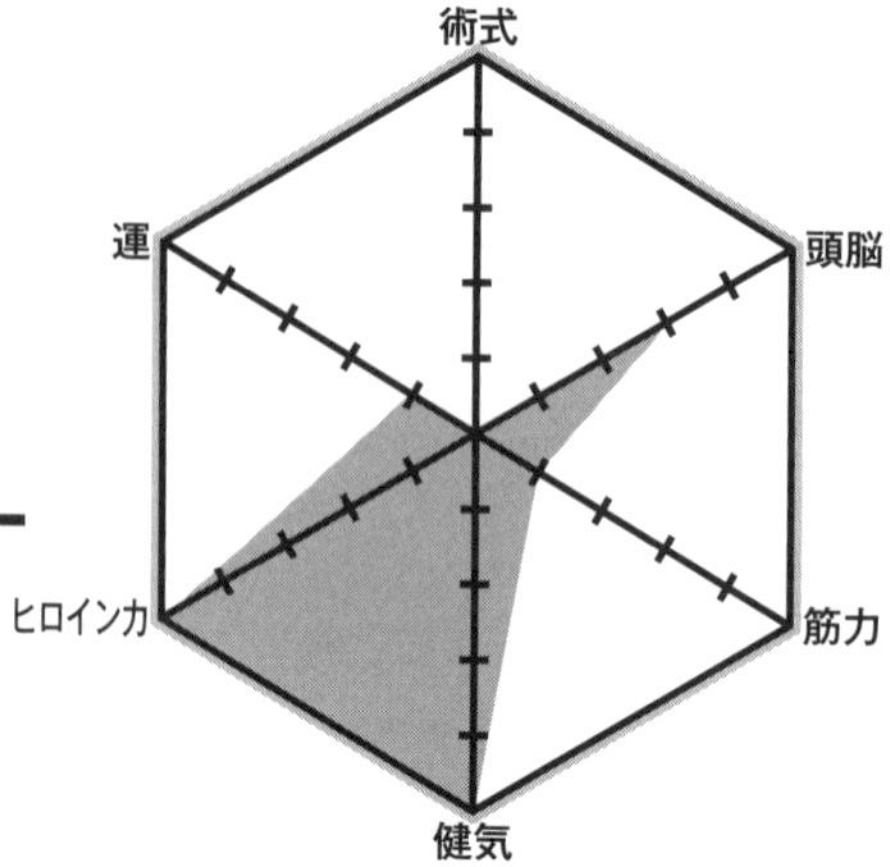

武器：

天魔の魔眼

好き：

手芸

苦手：

力仕事、料理、オシャレ

コメント：

みんな、元気なのが、一番。

匿名希望の声：

・かわいい。
・さあ皆さま、わたくしの第二主人を存分に崇め奉ってください。あわよくば跪きなさい。
・なんでお前がエラそうなんだ……。

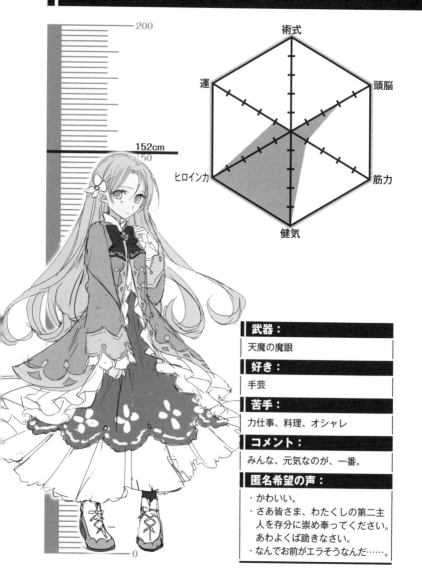

リリウム 【号】炎帝

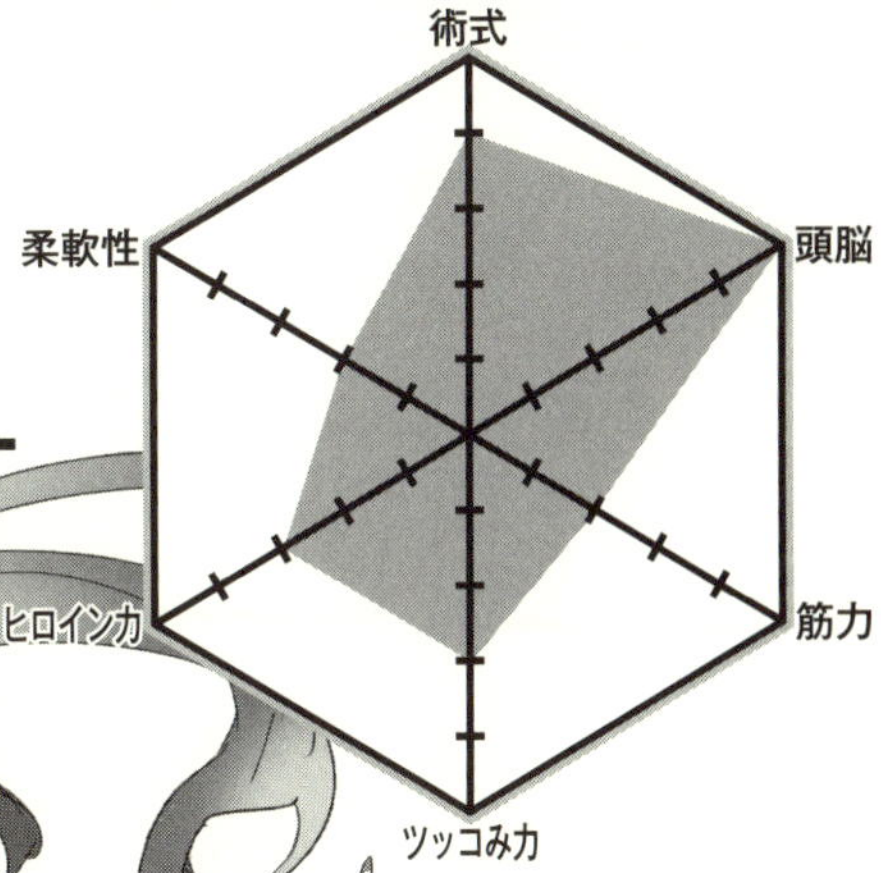

武器：

真紅の命炎

好き：

学術書籍を読み漁ること

苦手：

虫

コメント：

本のページを抜き取っていくやつと本棚に巣を張る蜘蛛は万死に値するわ。

匿名希望の声：

・なんだかんだいって大抵のことは許してくれる。優しい。
・え？　私に対して全然優しくないんですけど？　よく横っ腹つねられるんですけど？
・それはお前が悪い。

あとがき

本作を手に取っていただきありがとうございます。著者の葵大和《あおいやまと》と申します。

そんなわけで『百魔《ひゃくま》の主《あるじ》』がついに刊行されました。いやはや、実際に刊行されるまで長かったような、短かったような。全力で追い込みを掛けていた時期の記憶がややおぼろげですが、総じてとても楽しい日々であったのは間違いありません。


さて、あとがきと相成りましたが、正直どのテンションで書いていったらいいのかと、少々迷っている次第であります。

そもそも、本作は小説投稿サイト「小説家になろう」で連載していた作品に、大幅な加筆・修正を加えて刊行されたものですが、向こうには活動報告というシステムがありまして、わたしはときおり日々の雑感等をそこで漏らしていたりします。もしかしたら、本作を手に取っていただいた方の中には、WEB版から続けてお読みくださっている方もいるかもしれません。さらに物好きな方は、わたしのそうした雑感にも目を通してくださっているかもしれません。

そうした方々の中には、

「あれ？　なんかずいぶんテンション真面目《まじめ》じゃね？」とか、

「貴様誰だッ！」とか、

「や葵」とかいう危険球を放る方もいると思います。……察して？　わたしもこのアウェーグラウンドにかなりビビってる。

そういうわけでありまして、今回この場では抑え目に、わたしの他愛ない雑感等はそのうち、もしくはまた別の場所で、ということにしておきます。


はてさて、残る余白は読者の皆様と関係各位に対するわたしの溢《あふ》れんばかりの愛で埋め尽くしても良いのですが、それはそれでかなり気味悪いので、せっかくですから個人的なWEB版『百魔の主』と書籍版『百魔の主』の違いについて少しだけ触れておこうと思います。

端的に言えば、WEB版は「より高い視点から見る群像劇的物語」。書籍版は「メレアという主人公の側《がわ》から見るこの世界の物語」という感じだとわたしは思っております。

そもそもこの物語は、著者の「そうだ、架空世界の歴史を書こう」などという大それた妄想から始まった物語でした。ですので、登場人物はとても多いですし、勢力も多岐にわたります。それぞれのキャラクターに読む側がうんざりするくらいの背景が設定されていたり、もしかしたら最後まで日の目を見ない裏側の物語もあるかもしれません。

WEB版はそうしたものをわりと好き勝手に書いている、という感じですが、書籍版はそれらを整理して、ある一定の方向性を持たせるように書き直しました。

当然わたしはどちらも好きですが、ひとつの読み物としては、やはりこの書籍版『百魔の主』の方が良い出来だと思います。そう言い切れるくらいには、わたし自身力を入れました。

とにかく、どちらにもそれぞれの特徴があります。せっかくこうして、同じ世界の物語を二つの場で描《えが》く機会をいただけましたから、まったく同じではなくて、少し違って、でも相互に関係し合えるような作品として、『百魔の主』を作っていけたらなぁ、とひそかに思っていたりもします。

というところで、少々長くなりましたので、最後に謝辞を。

大変な熱意を持って、本作を拾い上げてくださった担当編集様。また、美麗《びれい》なイラストで、キャラクターたちを生き生きと描いてくださったまろ様。本当にありがとうございました。本作に関わっていただいた編集部の皆様にも御礼申し上げます。

そしてなにより、WEB版から続けて本作を読んでくださった読者の皆様。皆様がこの物語を読んでお声をあげてくださったからこそ、本作はこうして一冊の本になることができました。もちろん、書籍版から手に取って本作を読んでくださった皆様にも、多大な感謝を。

読んでくださる方がいるからこそ、物語が一段と生気を放つということを噛《か》みしめながら、このあたりで今回のあとがきの締めとさせていただきます。

平成二十七年　四月　気温の定まらない春の夜に

葵　大和

百魔の主

平成27年5月25日　初版発行

著者／葵　大和

発行者／三坂泰二

発行所／株式会社KADOKAWA
http://www.kadokawa.co.jp/
〒102-8177
東京都千代田区富士見2-13-3
電話／営業 03(3238)8702
　　　編集 03(3238)8641

印刷所／大日本印刷

製本所／大日本印刷

ISBN 978-4-04-070574-3 C0093